东窗与西窗

沈祖连 著

/共享获奖作家独特的文学视野/
/品味成长季节绵长的青涩与甘甜/

中国书籍出版社

图书在版编目（CIP）数据

东窗与西窗 / 沈祖连著. —北京：中国书籍出版社，2018.3
ISBN 978-7-5068-6825-9

Ⅰ.①东…　Ⅱ.①沈…　Ⅲ.①小小说－小说集－中国－当代　Ⅳ.①I247.82

中国版本图书馆CIP数据核字（2018）第062747号

东窗与西窗

沈祖连　著

丛书策划	牛　超　蓝文书华
责任编辑	成晓春
责任印制	孙马飞　马　芝
封面设计	红十月工作室
出版发行	中国书籍出版社
地　　址	北京市丰台区三路居路97号（邮编：100073）
电　　话	（010）52257143（总编室）　（010）52257140（发行部）
电子出箱	eo@chinabp.com.cn
经　　销	全国新华书店
印　　刷	北京一步飞印刷有限公司
开　　本	710毫米×1000毫米　1/16
字　　数	210千字
印　　张	13
版　　次	2018年6月第1版　2018年6月第1次印刷
书　　号	ISBN 978-7-5068-6825-9
定　　价	32.00元

版权所有　翻印必究

目录
CONTENTS

青山秀水 ··· 001
大姨公 ··· 003
豆　叶 ··· 005
分　歧 ··· 008
荒唐的画家 ······································· 011
家有马齿苋 ······································· 014
轮　胎 ··· 018
试　工 ··· 020
大山人 ··· 022
发黄的笔记本 ····································· 024
回马枪 ··· 027
掘尾龙 ··· 029
母　亲 ··· 031
五哥当兵 ··· 033
报　答 ··· 035
疾　苦 ··· 037
妻子离家的日子 ··································· 040
心　愿 ··· 042
三十六计之于手机 ································· 044
养猪卖猪 ··· 047

保　姆	050
对面的女人	053
榕树下的瘦女人	056
挑果卖的女人	058
硬卧铺上的女人	060
豹　三	063
陈　大	065
大伯进城	068
渡　口	071
番鬼五	073
华光四	075
黄鳝头	077
寄　生	080
老　爹	082
六指的外婆	084
轮　回	086
庆甫三与郁林汉	088
五婆的鸟巢	091
小　娟	094
药　渣	096
猪经理	098
状元之家	100
宗　族	102
祖传秘方	105
板蓝根风潮	107

变味的校庆	110
车队的形成	112
东窗和西窗	114
东区西区	117
富在深山	119
害　虫	123
机　关	126
甲乙丙丁	128
理由公司	132
狗咬蚤夜	136
前朝遗老	138
烫手的山芋	141
提前悼念	144
威　风	147
乡长献血	150
小山村	152
有狗之家	155
第二届家委代表大会预备会纪实	157
著名歌星	160
抓　贼	162
牛哥敬礼	165
做一回上帝	167
本　末	170
残　局	172
虎凭山威	175

悔　棋……………………………………………… 177

火　候……………………………………………… 179

决　战……………………………………………… 182

名　累……………………………………………… 184

棋　迷……………………………………………… 187

棋　趣……………………………………………… 189

棋　手……………………………………………… 191

市长构想…………………………………………… 193

同　行……………………………………………… 196

棋　友……………………………………………… 198

夏日黄昏…………………………………………… 200

棋　规……………………………………………… 202

小村人……………………………………………… 204

修理铺前…………………………………………… 206

寻人启事…………………………………………… 209

青山秀水

李六这天放了自己的假。

李六原本很忙，一旦放了假，便不知道做点儿什么好。

李六拿了钱包，信步出来。李六看见一辆大巴，上面打有牌子：十万大山。李六心一动，好，进山。

李六便向大巴举起了手。

李六上了车。他也说不清要到山里去做什么。休闲吧。

大巴驶出了市区，拐进了一条黑油油的路，那是县与县之间铺成的柏油路，新，或者是因为昨夜下了雨，而使得路面一个劲儿地黑，黑得泛了油光。

李六的心情挺平静，就平静得像路旁那清水塘一样，连点儿微波也没有。

李六放眼看去，一车的座位几乎坐了个满，只剩下最后一排空着。车上各人想着各人的心事，似乎他的上来，并没有引起什么反应，无非是多了个乘客而已。

李六喜清静，便在最后一排坐了下来。

大巴七拐八拐的，进了山路。李六知道，他们是已经进入了十万大山的范围了，只见两旁山水拥夹，那道路便狭了、弯了、崎岖了。那山头有点儿神出鬼没的，远远地挡住了去路，而当大巴来到面前，它便退开了，又在远处设置着障碍，总是让你看不到头。

一会儿，李六只感到一股的清凉。放眼窗外，竟是一条山溪，那水清得见底，看下去水里有天、有树、有花。李六突发奇想，便大叫一声"停车"。

　　司机不知发生了什么，急急地将车停下，一车人都回头看着李六。

　　李六也感到了不好意思，说："对不起了，请在这里等我一刻钟好吗？"

　　"等你一刻钟？你是说，要我们一车的人都等你一刻钟？"

　　"是的。"

　　"笑话！你有天大的事也不可能叫我们全车的人等你呀。"

　　"神经。开车！"不知是谁不屑地喊出了大家的心声。

　　"不。"李六站了起来："我求各位了，我是外地来的，我有个心愿，就是要亲自体验这十万大山的山和水。你们看这条清溪，我敢说是在中国少有的，我只想下去泡一下，顶多是十分钟吧。望各位能体谅，就让我遂了这个心愿吧。"

　　"神经病。"司机在大家的催促下挂上了档，就要启动。

　　李六急了："不要。事情还可以商量嘛，只要大家能等，我给每人十元，怎么样？"

　　"好啊。"金钱面前，有几个山里人模样的活动了。

　　"笑话，十元钱就想买我们一刻钟了？走吧，不要理这个神经病。"

　　"那么，每人100吧。"李六一下子提高了十倍。

　　"那还差不多，"司机发话了，"各位，我看就将就一下，让这位先生遂个心愿吧。"

　　"好。我同意。"

　　"我也同意。"于是，一车人竟没有一个持反对的了。

　　李六便笑着下了车，从高高的溪岩上猛地往下一跳，"啊"地叫出了声来，妻子忙将他推醒："你发什么神经？"

　　"都怪你，我做了个十分有趣的梦，让你给搅了，可惜了啊。"

　　醒了的李六，陷入了深深的思索之中——这人啊，真有意思！

大姨公

"大姨公,坐灶篷;大姨婆,坐谷箩。"这是儿时最爱念的一句顺口溜。

那时的大姨公,还是一名身强力壮的汉子,跟大姨婆成婚刚满三朝,就上船了。老板是邻村的一位大叔,叫莽三。这莽三以前有万贯家财,临解放时,因赌全输得精光,靠赖债,购下了一条木头船,从此浪迹南海,打鱼为生。也不闻岸上情况,只听说了,土改给他评上了个贫农的成分,他也不去管他到底是地主好还是贫农好,反正海上漂泊,虽然每时每刻都要经受风浪的折磨,他却感到要比在岸上安全。原因呢,不言自明,债主在追踪。大姨公就是那时被莽三拉了出海的。

大姨公是个憨厚之人,见莽三对他亲如兄弟,也就心安理得地跟随去了。当然,那时大姨公还是光棍一条,莽三说,碰上合适的,一定要为大姨公找个老婆。大姨婆便是这个"合适的",于是莽三的话便兑现了。

一条木船,一个老板,一个工人,老板兼着艄公,工人兼着水手,这便形成了最小的社会团体。团体里,他们是从属关系;木船上,他们又是兄弟关系。一张网在他们手上得到了充分的发挥,虽然是出没风波里,他们活得倒也自在,这自在就在于他们的劳动成果颇丰。那时的海产,不同于现在,几乎是每一网都能捞起最大的希望。因而未几年,这莽三又发了。

莽三自然不忘他的诺言。在一次他们靠上了越南的同登，卖完了鱼，莽三便同当地的朋友物色了一位越南姑娘，付过一笔钱之后带上了船，这便是大姨婆了。有了这一层的关系，大姨公便成了莽三的生死之交。比方一次，他们在归途中遇上了风暴，风帆一下子将莽三扫下了大海，那船便成了无主之舟，一个劲儿地转。大姨公见状，不顾一切跳了下去，连呛了十多口水，硬是把莽三给拽了回来。

莽三重新获得了生命，十分激动地说："为了我，多危险啊，弄不好两人都回不了，你不是太傻了吗？"

大姨公却说："要是你都回不来，那我还回去做什么？"说得莽三抑制不住地奔了过来，一个劲儿地紧紧箍住了大姨公好久不愿放开。

木船就是他们的家，他们的足迹遍布了南海各地，最远到过了越南西贡，近的也到了海南三亚、八所等地。莽三也是个把钱财看得很轻的人，他说："钱这东西生不带来，死不带去。想当年老子家财万贯，一夜天光不是成了穷光蛋？老杜，你家若有什么困难，只管吱一声。"大姨公却说："够了，每个月支取那么多给我就足够的了，再说她一个越南婆要得了多少？"

于是莽三便用来购物，凡市面上流行了什么先进的东西，他就购置回来，与大姨公一起共着用。因而，小小的木船，什么国货洋货都有。

又是一次胜利返航。不想刚进入北部湾，那海翻了脸，一片乌云从西边天上扯了起来，霎时狂风大作，海天混黑成了一团，他们都知道是大灾难来了。正想间，那船桅咔嚓一声折断了，无法控制的木船被狂风一卷，狠狠地向一块礁石摔过去，船便破了。莽三厉声说："老杜，你看船上有什么合适，快拣些逃吧。"大姨公也知道情急了，钻到了舱里，一手拿起了那只水壶，便跃进了茫茫大海。

后来，莽三不见了，大姨公却幸存了下来。大姨婆却说："你知道你有多傻，什么值钱的都不要，却只要了这只破水壶。"

破水壶，已经装不得水了，却永远地挂在了大姨公的墙上。

豆　叶

县委书记要下来，而且说要到我们村里来。这可忙坏了一批人，镇书记及镇长亲自下来布置了接待工作，并留下了办公室刘主任在村里坐镇。村主任和村支书更是转陀螺一样，被刘主任支使得脚不沾地。

你听一听我们村这个名字就会知道这事的稀罕了：鸭屎垌，还有比这更土的名字么？由于偏僻，历来都是天高皇帝远。离县城离省城有多远，乡民们不大清楚，就是离最密切的镇上，也得走上半天的路程。以往是骑马坐轿，官爷们都不肯进来，现在坐车了，可那车就只能到镇上，见谁舍车徒步几十里？现在听说新任县委书记要来，怎么不稀奇？

才下过雨，村里一片泥泞。刘主任说不行，不能让书记陷了鞋，便指挥村主任，发动群众到沟河里挑来河沙，将村路填上。你别说，站在村头看去，那黄沙铺就的路面，还真像模像样呢，踩在上面，只觉一路嚓嚓，别有一番情趣呢。

再下来是房间。书记说要在村上住一夜。村里既没招待所，也没旅社。村委会就只有三间瓦房，左边的一间腾给了五保户大脚鸭，右边一间圈了牛，中间才是办公室。说是办公室，其实被一些杂物塞满了，办公桌旁边，一架休闲的打谷机，还有抽水机，烂箩烂桶，几乎塞满了过道。推开了门，一股霉味儿涌过，刘主任不由得捂了鼻子说："不行，这些东西统统搬走，大脚鸭也要转移，牛栏更要撤走。"

遵照刘主任的指示，半天之内，三间房便腾出了两间。大脚鸭苦于没地安置，便留了下来，不过规定了，他那门不能敞开。且在门前直到大路，铺了一层河沙，并用石灰将四壁粉刷一新。那铺盖来不及回镇上要了，便找到了一家准备娶媳妇的，暂借他们的新被新席新枕。这家人倒也爽快："行，书记能来这儿住已经是难得的了，不就是一夜吗？"便自动给搬了来。

吃的更让刘主任上心了。村委会没有饭堂，村上也没有饭店，让书记到谁家吃好呢？刘主任倒是颇费一番心思的了。叫人从镇上送嘛，一来离镇太远，二来似乎也显得生分。到村主任家或者村支书家吃，听说书记早交代过，要跟老百姓在一起。随便下一个农户家吧，那些农户可都是每天早上一煲粥吃上一整天的，让书记吃大锅粥，也不行。那么置一套饮具，派个厨师来吧，似乎又是小题大做了。正在刘主任感到犯难时，小寡妇莫愁来了："主任，就让书记到我家去吃吧，我保证能让领导满意。"

刘主任看了看这莫愁，人长得伶俐清爽，虽然名声不大好，可一想没有更合适的人选了，便点头同意了。刘主任是出于这种考虑，起码这小寡妇的灶房也比别人卫生吧，再，不就是两餐饭吗，又不用到她家去住。于是，小寡妇便乐颠颠去找菜了。

午时刚过。书记便在镇长及镇书记的陪同下踏上了鸭屎垌。由于车子开不进来，三位领导都是一步步地走来的。一村的人都在大晒场上看热闹。镇书记及镇长他们见过，唯有这县委书记，在他们看来，已经是大得不得了的官了。到底大到什么程度呢？大家都在寻找着下江南的乾隆皇帝形象，戏里他们看过了，这现实呢？谁不想争睹一下大官的风采。

当村主任把书记带到了村委会，书记推开了左间的偏房，一眼看见大脚鸭正在吃东西。书记看了大脚鸭的食物，那桌上有盘棕蓝色的食品，书记说："这是豆叶吧？"

大脚鸭停下了进食，瞪着张皇的眼，见书记问，便说："是的，是粉豆叶。"

书记拿过筷子，夹了一夹，往嘴里一塞说："主任，今晚就在这儿吃粉豆叶。"

"这……"刘主任及一干人都意外地一愣。

唯有外围看热闹的骚动了起来:"书记也吃豆叶?好,我家有,我这就去摘。"

"我家也有。"

也有的说:"看来不像乾隆爷。"

分　歧

　　李明媚大学毕业一年多了，至今尚待字闺中，当然是指工作问题还在等待。早春是联系到了一家单位，是个国企，条件都很好，可就是家里拿不出一笔资金，就只好望企兴叹。为此，二老也是急得上了火。看看女儿都快二十五了，眼角笑时起了鱼尾纹了，二老更是担忧，一旦变成老女，就难嫁出去了。因而也是终日唠叨：有合适的找一个吧，过了三十就没人要了。

　　她却不急。工作还没着落，她还不想草草嫁人。其实急也没用。随缘吧。

　　她觉得老是这样待着也不是办法，便想到要做点儿什么。

　　女孩子做什么好呢。

　　她想到了美容。现时都市里的人生活好了，总想把自己修饰得更美，因而美容成了时尚。正好自家的房子也不太偏僻，跟父母说，腾出一间来开个美容厅。

　　父母虽然担心搞美容不地道，终日同那些花枝招展的女人打交道，可最终也拗不过女儿一再要求，只好同意了，并且二老暗自商定，以后多看紧点儿，应该没有什么大碍。

　　说干就干。女儿首先想到要做个招牌，名字也想好了，就叫明媚美容。

她记得有个德富装饰，找来电话联系。

刘德富便来了。

刘德富大小是个老板，也是一年前毕业的大学生。因为没有找到正式工作，便自己开了个装饰公司。说是公司，其实老板、技师、会计、出纳、业务、公关、工人、后勤就都是他一个人。

看到仪表堂堂的刘德富，最高兴的是二老了。在女儿跟他谈招牌的时候，二老也在里屋窃窃私语，这小子不错，能做我家的姑爷就好了。母亲说，怎么不行，看他们谈得多拢？怕是看上了咱闺女了？

人家看上才是八字一撇，还得咱老闺女看上才成呢。

想办法呀，你平时不是很多鬼点子的吗？

好吧，先留住吃饭再说。二老便分了工，由父亲作陪，并想法子留人。母亲提了菜篮子上了市场。

虽然是一回生，可见老人这么热情，刘德富也便留了下来。

不一会儿，鸡鸭鱼肉摆了一桌。

刘德富一边吃着一边说太破费了。母亲却说，不，今天高兴。

四口人和和美美地吃过饭。刘德富便找来梯子，量好招牌尺寸，定好了规格。然后掏出计算器捏了一会儿，报出个数：包工包料1280元。李明媚没说什么，母亲却像受了惊吓：什么？一个牌牌值这么多？

是的，伯母你不知道，这些材料都是贵料。

好吧，相信小刘也不会诓人。父亲发话了：完工给钱。

是的，刘德富说，不过，得收400元定金。

什么？还得收定金？母亲又是一个惊吓。

是的，做我们这一行都这样，为了诚信。

你怕我们没诚信？

不是，伯母，不单是你，我也得讲诚信，收了定金，我们就形成了合同关系，我没按时按质，也同样受到处罚。

女儿交了定金，送走了刘德富，二老便展开了论战。

论战的中心主题当然不是招牌，而是刘德富的为人。

母亲说：看来是白赔了我一顿鸡鸭鱼肉，我就没见这么抠的男人。

这叫做抠？父亲显然不同意母亲的观点：人家说得多好，这是诚信。我们这么对他，总不该怀疑我们诚信吧。

一样归一样，你以为吃你两块鸡肉就一点儿原则都不要了吗？按我说，这小刘头脑清醒得很。一个字：好！

好你个头，同这样的人做亲戚，屁股夹着利戥，拉屎拉出算盘珠，才不呢。

精打细算怎么不好？你以为，做事的人都同你这样好啊。一点儿原则也没有。

女儿回来了。

父亲说：好吧，我们光说无用，听听女儿的意见吧。

母亲：是啊，阿媚，你认为这小刘怎么样？

女儿：什么怎么样啊？

母亲：我是说，他不该收我们的定金。

女儿：阿妈，这有什么错吗？人家不是说得好好的吗？为了双方讲信用。再说这先交后交不都是交？

父亲：老太婆，听见了没有？我找姑爷就是要找这样的人。

女儿脸色飞红：什么跟什么嘛，怎么就扯到这上面来了？

荒唐的画家

画家骑着"铃木125"经过大院，突然听到有人呼叫，便停了下来，是朋友作家。

"怎么，你今天这么悠闲？"

"才不呢，在给朋友看店。"作家说："你来得正好，我有急事得走了，你帮看五分钟，朋友就回来了，就五分钟，行吧？"

画家抬腕看了下表，只要五分钟，便说："行，你走吧。"

作家便一溜烟似的走了。

画家便坐了下来，不就是五分钟么，掰开了也就是300秒，吸烟的话还不到一支烟的工夫。画家一坐下来，便想到等会儿就要见到一个人，一个他的崇拜者，一个未来的女画家，他们约好了的，等会儿在公园画廊里相见，她还带给他一批习作，要他给指导呢。画家向来注重培养新人，尤其是女孩子。

正想着，五分钟一晃过去了。可作家的朋友还没回来。画家就又抬腕看了看表，离崇拜者相约的时间还有半个小时，而路上骑摩托车只需十分钟便可赶到，用不着急，再等等吧。

画家便重新坐了下来，等。画家开始打量起这店来：这是一间家电修理店，一个大货架将店子分隔成里外两间，里边住人，外边摆满了各式电视机、录音机、影碟机、洗衣机、热水器，其中有不少还是名牌货，什么

"三洋"、"东芝"、"索尼"、"长虹"、"夏华"让人眼花缭乱，换个说法，即每一件都是值钱的。

它的主人是谁呢？画家从墙上的执照上读出了，叫阿文，那个陌生的照片正对着他微微地笑咧。画家不认识这个阿文，或者碰过面但从来没有什么交往，不过，既是作家的朋友，相信也就错不了。

只是，他的时间观念……想到时间，画家便又抬腕看了看表，不好，离他们相约只有十分钟了。假如阿文现在就回来，紧赶慢赶还能赶到，可是哪里有阿文的影子？

画家坐不住了。画家焦急地等待着阿文的回来。时间一分一分地过去，眼看赴约已是不可能的了。画家在万不得已时给崇拜者去了电话，推说是有工作实在走不开，改日再会吧。好在这个女孩子很通情达理，也许是与他们所处的地位有关。

既已推了，画家也就可以安心等待了。

画家坐着，自己也觉得可笑，或者说是荒唐。帮别人看店，却是连主人也不认识，并为此而耽误了与女孩的约会。当然画家知道，这种机会也并不是过了这个村便没了这个店，可终究是对自己的信用打了折扣。而却没有多少的怨言，这到底是为什么？难道是一个高尚或是替他人着想就可以解释？的确，画家此时的心里，也并没有想到什么高尚不高尚，相反，他倒觉得这是一种责任，既然应承了别人，就得负责到底。更何况，这店里的每一件物品都是值钱的。假如，就在自己一离开，主人回来，发现少了什么，那可怎么交代？

嘀嘀嘀嘀，正想着，腰上的呼机急剧响了起来，画家一看，是家里的号码。画家心头一紧，莫不是有什么急事？否则，怎么在后面加了个"119"？画家即时复了机，正是夫人找他："赶快回来，儿子骑车摔掉了两颗门牙了。"

画家一听，这可怎么好？这个阿文，不，这个作家！

画家还是觉得走不开，便对妻子说："不就是两颗门牙么？不要慌，小孩子还会长出来的，你先带去医院给上点儿药，防止破伤风吧。"

"什么？你不回来？请问你还有什么大事？"

"其实也不是大事，是给人家看一阵子的店。"

"是哪个天王老子的店？就这么重要？比儿子还重要？"

"我也说不清，是个朋友的朋友……"

家有马齿苋

也许是在农村苦惯了，一旦进了城，便什么苦也不怕，甚至一个劲儿地往苦里钻。奋斗十几年，哈，竟被上司看中了，这不？年前下了红头文件，我就是一局之长了。

我的这个局，虽然是个清水衙门，可毕竟是个局呀，设有办公室、社会科、艺术科、管理科，还有财务科，正可谓麻雀虽小，五脏俱全。我们的职能渗透到整个社会，自然每天与各种阶层、各种人等打交道：人家来找我们的，我们去找人家的，每天都在发生。

当了局长，忙是忙了许多，可也有一份前所未有的乐趣。其中最惬意的就是吃饭。自从坐上了这个位置，我家里的饭厅就形同虚设了。每天还不到下午三点，就有人来预约，今晚在哪里哪里，不见不散。这么说好像有点儿情人约会的意思，其实不然，这些饭局，有的是别人请我们，在迫切之中，加上这一句，多少带点儿戏谑的成分；有的是我们请别人，由办公室作安排，风趣的办公室主任也有意加上这一句，也没有什么，目的只是让我开心。

最实际的是，这些饭局，大都不用自己掏钱，只管带着一个庞大的肚囊进去，什么大鱼大肉，三珍八禽，水上游的，山上爬的，四条腿的，八只脚的，应有尽有，还有好烟好酒。说实际的，我这个局长就是这段时间才见识了那些人头马轩尼诗XO 白兰地茅台酒鬼五粮液剑南春以及几十元一根的大中华红玉溪，高兴时，还可以到厅中厅里去OK一番，或者让服务小姐捶捶骨推推拿按按摩。

不要见笑，我这局长实在是土冒。

我给自己定了规定，吃，尽情地吃。只要不拿，我们党的反贪政策里，只有拿的被查处，而从未有见过吃的翻船。

吃。这一吃，未到一个月，体重便剧增了三十多斤。以致回家的时候，老婆也戏谑地说胡司令回来了。看，我都快成了沙家浜的胡传魁司令了。

更严重的是，局里经费赤了字，然而，接待费还在一个劲儿地增加增加，虽说吃喝事不大，可长此以往也不是道理。

下午，本司令正在批阅文件，办公室主任又来了，局长，又有好事了。这主任高高的个子，长长的脸，就像是一张马脸，别人都叫他人头马。

人头马一开，好事自然来。说吧，是什么事？

你还记得那个"猪头"吧？

"猪头"？是规划局那个猪头吗？怎么？认门来了？

是啊。

这么说，那件事他是同意了？

看来是解冻了，要不主动上了门？

这家伙，终于还是投进我的怀抱来了。好吧，你去安排。

人家早就定好了，六点整，红玫瑰，不见不散。

好。我先回去收拾收拾，六点半，红玫瑰，不见不散。

收好文件，我便匆匆赶回家。司机小秦不无风趣地说，看来局长今晚要见的人非同寻常啊。

何以见得？

往常没有回家准备之举啊。

鬼精，就知道我要回去准备？

那还用说，这套行头只可以同我们单位的人混……

这是其一。

还有其二？假如不保密，想听个新鲜。

保密。不过对小秦还说什么保密？告诉你吧，你嫂子……

哦，明了，不用说了。

说着话，车到了门前。我便叫小秦在楼下等着，我上去就来。

步上了三楼，推开门，一股久违了的气味儿扑入了鼻孔，清鲜带着点儿酸，还配以醇香，似酒而非酒，似菜而非菜，似肉而非肉。

阿香，弄的什么这么香啊？

哦，是申叔回来了。怎么，今晚不在外边吃？

你弄的什么好菜，我闻到就不想出去了。

会有什么好菜，晚上你申叔不在家吃，申婶今天因为忙，也顾不上买菜，我便到野地里弄了抱马齿苋，炒着尝尝……

马齿苋？是不是那种叫蚬肉菜的？

正是。

阿香将一碟呈淡红色的野菜端了过来，那股酸味儿直刺我的鼻孔。啊，久违了，马齿苋！

好，阿香，你再去地里找些回来，我今晚就在家里吃了。

什么？放着外边的大鱼大肉不吃，你要回来吃这野菜？

是啊，这东西多年不吃了，今天见着亲切，你申叔确实需要换换胃了，再这样吃下去可不得了哦。

阿香高兴地提着篮子出了门，我也尾随着下了楼：小秦，你开车回去吧，说我有事来不了，叫李副局长全权代表，代我向"猪头"敬一杯。其实当局长还有一条优越，就是行动自由，一人之下，众人之上，除了大事请示书记，这局里的去留取舍，行动的令行禁止，全由一人说了算，用不着看其他人的眼色，只有其他人来看我的眼色。

小秦一个劲儿地看着阿香微笑，怎么说变就变了呢？嫂子不在家，是不是？

不要往歪里想。我附着小秦的耳说，今晚家里有上等野菜，再说，我也懒得见那个"猪头"。

好,好,我明了,是野菜好……

叫你不要往歪里想嘛,是真正意义的野菜。

轮　胎

老四打开车库，正待出车，发觉轮胎瘪了。

拧松螺帽，用千斤顶支起车身，卸下轮胎，从尾箱里取出备胎，装上，再拧紧螺帽，放下千斤顶，整个动作连贯得滴水不漏，老四很是欣赏自己功夫的娴熟。

女友在一个劲儿地催："老四在里边磨蹭什么？"

老四吱溜地把车开了出去。

老四看到前面一匹马，一匹同自己的坐骑一样的宝马向前奔驰着。老四自从拥有这匹宝马，就对街上所有的宝马都格外地亲。

老四知道，同是宝马，区别却大着，外形差不多，那区别就在于它的排量上，那个排量就写在车的尾部，字不大，须近看才能分别。前面这辆跟自己的一样，老四却好奇地追上去，要看清楚是1.8还是2.4，抑或是3.2。可那车像是跟他逗着玩儿，你快它也快，老四老也看不清。

老四却看到了另一个问题。老四指着那车说：你看，后胎瘪了。

女友却说："人家轮胎瘪关你什么事？"

老四说："是不关我的事，可他自己看不到，看不到就危险，我得告诉他。"

后胎瘪了，你还能跑得多快？

老四这时却不想看它的排量了，老四想要告诉它的主人：你的轮胎瘪了!

可是,老四没有那车主的电话,也根本就不认识车主,怎么告诉?

便只有追,追上去告诉他。

于是老四加大了油门。

加大了油门还是追不上,奇怪!

从挡风玻璃看到,那开车的是个男子,副驾座上是个女的。他们一边行进一边聊着,还不时地动着手脚,显然,轮胎瘪了,他们却浑然不知。

这样不好,就算不出车祸,至少那车轮子会残,一定得告诉他们。

从新兴路追至人民路,老四跟他还是差上一截。在人民路中段,眼看就要超过了,却差一点儿与一辆小卡车相撞,不得不又拉开了距离。

"你何苦来着,又不是你的亲戚亲人!"女友指责说。

是啊,我何苦来着?老四也想放弃了,人家有说有笑的,何必这样多事?可一想到人家自己不知道,作为旁观者,老四又觉得自己好像有这个责任,是啊,谁让我看到了?

于是老四还是追,可他也感到奇怪,平时这车要快即快,要慢即慢,可今天,却不行。

在转上新华路的拐弯处,老四终于赶上了,只是那车的窗玻璃关着,叫喊他们却听不见。老四便下死力超过它,并且驶到它的前面慢慢停下来。老四开了门,站了出来作拦截势。

"怎么?你想怎么?"那车也停下,男子钻出来,面带愠恼。

"别误会,你的轮胎瘪了!"

那男子往后一看,"哦"了一声:"谢谢了。"

老四完成了任务,正待上车之际,他听到了男子在喊他:

"哎,你怎么不看看你自己的?"

老四才往后一看,啊,刚换上的备胎,竟然也瘪了!难怪!

试 工

店里生意日好，人手不够，便招工。现时什么不易，要招工人却不难，只要你贴个告示，保你应聘者挤破屋，你信不信？有多少工人下岗待业，有多少学生毕了业在家赋闲，有多少农业人口涌进城里，在街头等待找工做。

只在店门口贴了张巴掌大的红纸，一会儿便招来了五六个人。老板看了之后，只留下一个，是个女的，约二十出头年纪，人看上去蛮精灵的，进来即让人叫她阿柳（留），是留还是柳？一时也叫人分不清，不过是去是留，也不能由她自己说了算，得等三天试工结束之后才见分晓。因为老板有规定，新工人上岗，先试工三日，行则留，不行则去。

店是快餐店。每天店里人来人往，热闹非凡，操作也并不复杂，买菜洗菜择菜，洗米淘米煮饭，大锅炒菜，大锅煮饭，然后将大锅里的菜舀到一个个盆里，一字儿摆开，让顾客指手挑选。价码从三元起，一直到十元，你可以根据需要或者实力去选择。饭是大桶盛着，待顾客选好了菜，由一个服务员打给你，一份不够可以再添。添饭是不添钱的，你大可以放开肚子来吃，随你怎么吃，也吃不穷老板的。

阿柳（留）的工作就是负责将大锅里的菜分别盛到小盆子里，再从厨房里端到柜台上。这工作并不难，做起来也不太费力，只是老板交代过，必须卫生整洁干脆利落。于是，阿柳（留）在上岗前，特意将自己的头发理过一次，十个指甲也重新剪理过一遍，还用洗洁精将那小手又里外洗过三遍。第一天下来，挺顺利，下班时，师傅还表扬了她，并说要在老板面前为她讲好话。

第二天上班，阿柳照样一遍又一遍地清洗那双手。一锅肉正香喷喷地等待着她来盛。当她拿起大勺，正要舀向锅里时，她的眼睛不由一愣，白白的肉里分明有一颗黑！她用勺舀过来一看，那黑物中间大两头尖，她一下便认出那是颗老鼠屎。

怎么办？她想都没想，就将那锅肉铲到了潲桶里去了。

可是，外边正等着要肉呢。老板娘见这么久没端出来，便跑回来催：肉呢？

哪儿，倒桶里去了。

什么？倒了？谁叫你这么做？

是一颗老鼠屎。

老鼠屎在哪儿？

这。

不就是一颗老鼠屎吗？有什么值得大惊小怪的？你知道这锅肉值多少钱吗？

知道，一百多元吧，可以从我的工资里慢慢地扣。

才一百多元？我说配快餐卖出去，该值多少？你赔得起？

再说了，谁说要你了？你拿什么来扣？好吧，你走吧。

她一时感到挺委屈，可是没办法。

老板回来了，当老板知道了事情的原委，立马把她追了回来，并当众宣布说：这个姑娘的名字叫阿留，我决定，从今天起，她就是我店的正式工人了！

阿留一听，两眼涌出了大滴的热泪。

大山人

　　这里是十万大山腹地。进村有水，进山无路，那万千个山头，草木疯长，野猪出没，听说早些年还有人见过老虎。我来时，自然没有这种眼福，但却看到了虎粪，那堆放在村委会堂屋里的秽物，据说是当时猎人拾回来时，还袅袅地冒着热气呢。

　　感谢《英雄虎胆》，让世人知道了这块神奇的土地。也因了《英雄虎胆》，才有我们这一批城里人的加盟。想当年真够滑稽，百万上山下乡的插队知青中，就竟然有我们这些人，凭着看了一次《英雄虎胆》，便毅然决然地将自己的户口迁来这里，感受那英雄土地的英雄气概。

　　记得我们第一次进入这个山村的时候，简直让我笑弯了腰。村口的头一家，也就是我的房东，三间土房一字儿向东排开，正中的一间堂屋用作厨房，推开大门，即看见那大大的灶口，是大门口含着灶门口，一条大木，从门口一直伸进了灶里，正在燃着熊熊的火焰，一口铁锅煮着东西。我问大叔，村上做饭都这样吗？他说是的，这里不愁无柴，只愁无米，那漫山遍野的大木，扛一根回来，直接捅到灶里去，便可烧上三两日，不用砍不用劈。

　　村人自然是以农为本。只因山多田少，一年所收大米不多，就只好用红薯来充当，难怪有人说"有女不嫁黄坡笃，三餐番薯两餐粥"。物质生活的贫乏，我们还能够克服，充其量是回家要一些，不时地找机会，邀上同学们到镇上去撮一顿也行。就是精神生活的贫瘠最让人受不了，我们来了半年，除了公社来放过一回电影，就连广播也听不到。为了解决这个问题，我爸给我买了台收音机，红灯牌的，拿回来时，一村人都过来听呢。可好景不长，那干电池用不了几天，那机子便哑了。看着村上人那干渴的眼睛，真是无可奈何。

这天，房东大叔的猪杀了卖了，什么也不买，就挑回了一箩担的电池。啊，这简直让人意想不到，一头猪啊，得半年哟。好在这里山好水好，就猪好养，只要购进猪苗，只要你日喂三餐，从不用打针，不用防疫，那猪也没见生过病，直到出栏。这样一来，我那红灯收音机便可以一天响个不停，虽然没戏看，没电影看，村上也活跃了许多。这一箩担的电池，足足使用了半年。可好，大叔栏里的猪又大了，这大叔，要是现在，起码得给个精神文明奖，你看他，猪又杀了，又挑回了一箩担的电池！

后来我回城了，那台红灯牌收音机便送给了房东大叔。

现在呢？假如那收音机还在的话，恐怕可以进博物馆去了。

发黄的笔记本

夫妻苦心经营起一个家,是那种真正意义的白手起家。不是么,他们结婚时,连个枕头也没有,他用的是书本,外包一块毛巾,他自嘲地说,好,平平整整,四面八方。她呢,用张棉毯,折叠齐整,倒也硬软得体。现在,他们不是有了个像样的家了?这不,刚盖好的三层小楼,还带个小花园咧。

搬家时,一应旧家什全都遗弃,只要书籍。妻子嘲弄他是孔夫子搬家——全输。他却说,书是人间英雄本,字是世上富贵根,欺不得,也丢不得。再有劳氏家训,穷不丢书,富不丢猪嘛。

妻子不知翻到了什么,也接上来了:恐怕还有书中自有颜如玉呢?

见妻子手里拿了一册日记,他只觉脸一红,都藏得发了黄了,可那扉页上的一行娟秀的钢笔字还清晰如初:红帆永远为你张开,送给最可爱的老师,蔡小红。

妻子发现了这本笔记,便停止了继续翻动,从头到尾翻看着那情感之物。可让妻子大失所望的却是,除了扉页上那句话及一个带着脂粉气的名字而外,内中一无所获。

怎么,有这种艳事总不见丝毫地透露?

那有什么?不就是本空白笔记吗?

没什么,你珍藏得这样深,却是为什么?

你想知道？

假如不影响的话，倒想欣赏欣赏，看看我的丈夫过去到底有多少的罗曼蒂克？

蔡小红，是二十年前的一个学生，严格地说，也不算是我的学生，当时我在师范负责共青团工作，并没有教过她们班。

年轻的团委书记，难怪淑女好逑！

不要插话咯。我也不知怎么的，有事没事，她总爱去我那里，不是说借本书看，就是要借借自行车。那时的自行车可比现在的小轿车还少，因工作需要，我手上拥有一辆永久牌自行车，这可是令人羡慕的哦。

凭心而说，这蔡小红长得确实不错，白净、丰满、活跃，富于青春气息那种。那时学工学农的时间很多，每次走出去，都基本没少我，到吃饭时，这蔡小红总要将自己的一半摊了给我。你知道，我们那时后生，胃口好得不行，别人是有吃吃不得，我们却是想吃没有吃，于是便来者不拒。

只有一次，她来到我的办公室，看周围没人，便说，沈书记，我问你个事，听说学校要在我们这批人中留些下来？

我说，应该是吧，每一届都会有少数人的。

她说，我有这个可能吗？

我说，你想留？

她便深情地看着我，怎么不想？不想，我硬了头皮找你？

可是，迟了，据我所知，名单都送各县了。

那……她怏怏地走了。

说着便到了毕业分配，按惯例，得以县为单位将他们送回去。我负责送一个县的。正好，蔡小红就是这个县的。当我将他们送至县城，将全部档案移交给了教育局人事科长，准备返回时，我发觉蔡小红迟迟不肯离去，那表情是带着忧伤的。到同学们都走了，她才走了过来，双手交给我一本笔记本，并趁着我看笔记的空儿突然贴过来，轻轻地吻了我的印堂，然后带着一股忧伤，快步离去。

我急看左右，见没有人发现，这才记起了激动。你知道，那时师范生不准谈恋爱的，更何况是师生关系，要被发觉的话，那后果是不堪设想的哟。

那后来呢？

后来？后来不是有了你了么？

后来呢？

后来我们就是有了房子，后来我们就搬家，后来就发现了一本发了黄的笔记本。

回马枪

那时大哥都已三十有二了，还没有对象，在农村，这已经是过了界的了。难怪一家人都在为他着急。大哥长得还不错，有一米七二的个头，可以一担挑起二百斤，是个让人喝彩的青年。可是却不被姑娘看上，致命的缺陷就是穷。

记忆中最深刻的就是有一次，南村的李姑来说，她给大哥物色到了一个姑娘，二十五岁，正好是男大七女大一。第二天初三，正逢三日一趟的圩日，两家人相约在圩上见面，没说的，皆大欢喜，姑娘的父亲便说炒粉。我们那里有个不成文的规例，就是男女双方在相亲时，只要女方点了炒粉，那就是男方被看上了。那姑娘长得五大三粗的，与大哥正般配。傍晚，李姑来说，姑娘家里没有意见，定好了后天来看家门。

这看家门是第二关，而且是整个婚姻环节中最重要的一环。多少桩美满般配的婚姻，就是因为这一关而搁浅呢。因而我们一家不敢怠慢。这可苦了我们的双亲，四间土屋，尽管母亲每日里扫了又扫，抹了又抹，弄得纤尘不染，看起来却是整洁有余而陈设不足，从里到外，就没一件家具值上一百元的，就用这个方式来接待未来的媳妇及亲家，看来是到此为止的了。当父亲把这个担心跟李姑一说，李姑也着急了起来，是呀，这么好的姑娘，千万不要弄丢了，在他们来前，你必须弄到一床红蚊帐，红锦被，起码有个衣柜，有张像样的饭桌、椅子，有架缝纫机，最好还有辆自行车。

天哪,在这两天里,叫我去开抢?

我不管,要这个媳妇,人就得这样办。

李姑丢下话走了。

一家人便紧急动员起来,走东村窜西村,求爷爷告奶奶的,总算办得八九不离十了。临了,李姑不放心,到底又来检查落实一次,看到都摆上了这一切,便放心地去迎接女方了。这一天,女家一共来了五个人,姑娘及其父母哥嫂,表示满意,在家里吃了一顿之后,欢喜着离去。

真个是客去主人松,由于借人的东西不能久留,一家人便又分头将一切家需原物奉还人家。

不想未到一个小时,姑娘的哥和嫂又回来了,说是想看看那张饭桌是什么木做的,那么坚,他也想做一张。可回来一看,桌没了,椅没了,衣车没了,单车没了,就连那床上的一应用品也没了。父母亲惊得一脸的张皇,大哥直憋得面红心发紧,一时不知说什么好。

李姑也急得直跺脚:"鬼打,怎么这样急。"

那大哥只微微一笑,大有意料之中的神态。这时,母亲心有不甘,上前拉住那大哥:

"他哥,还有救吗?只可惜了啊,他们这么般配。"

"有救,亲家母,幸好是只有我来,要是他们都来就没得救的了。不过,下次可不能假的了,在我妹结婚那时,单车衣车没有也不打紧,可千万不可让她睡光床啊。"

"他哥,说来也是惭愧,这次是因为事急的,到结婚时,你就放心好了。你看,我的栏里不是还有两条小猪吗,那时也该大的了,再说,地里的甘蔗也该收成了。"

"我相信,"说着,那大哥走近了我大哥,偷偷地塞给他一百元,说,"过几天,你们就去登记,你得买套像样点儿的衣服,别让我妹寒碜你。"

我看到,我大哥接钱的手是那样地颤抖,真好像是偷的一样。

掘尾龙

农场有条母狗，叫"掘尾龙"。顾名思义，即缺少尾巴。也不是没有尾巴，只是比别的少了一大截，仅在尾椎上尖出一点点，但即使只有那么一小截，只要见到我来，也一个劲儿地摇个不停。正所谓"有尾狗也摇，无尾狗也摇"。不过摇起来却是特别地别致，是把整个屁股以至整个腰身都一起摇。因而在所有的狗族之中，我对它算是特别地器重。每天来到农场，总要看到它。它也挺乖巧，只要我一呼"掘尾龙"，它就立即跑到跟前来，极力收缩着耳朵，拼命摇动着尾巴，并用身体蹭着我的小腿，口里还要发出"呜呜"的撒娇声，让你疼爱得总要抱一下它。

近来，掘尾龙就要当母亲了，但即使是挺着个大肚子，见着我来，也还是那样摇头摆尾招人疼爱。

不想这天早上，我直呼了一通它的大名，也没见它出来。心里一喜，莫不是产仔了？便想马上见到它。可无论怎么呼唤，以致找遍了整个农场，也没有它的影子。看场的黄姨也急了，说："天蒙蒙亮时还见它趴在猪笼里，我搬它入了狗窦，可能是因为窦生，都说是大肚婆小相，这下好了，不知躲到哪里去生产了。"接着我们便分头去找，什么猪栏柴房鸡舍灶头角床底下都找遍了，就是不见。我们再把范围扩大到树根草包，也没有。心里便萌生了一个不祥的念头，因为近日来农场里接连失狗，到掘尾龙已经是第五条了。其他的我都不很在乎，唯这掘尾龙，那肚子里至少有五条小生命，要是被谁打死盗走，那不是太缺德了吗？

整个上午，我们都没有停止过寻找的步伐。下午，甚至晚上，我还打来电话询问，始终没有掘尾龙的踪影，便确信它是丢失了。

心里不免戚戚的。

到第二天上午，也没有任何回归的消息，便在心里一百次一千次地咒骂那些没良心的天杀的贼！

不想奇迹却在第二天傍晚出现了。

临近黄昏，我尚怀有一丝的希望驾车上农场去。来到离农场还有一箭之地时，一个久违了的身影出现了，掘尾龙在一片暮色之中向我走了过来。来到了身边，依旧是摇头摆尾，依旧发着呜呜的低叫，只那肚子瘪了。瘪了肚子的掘尾龙身子是那样的羸弱，这便是生产之后的掘尾龙，这便是初为母亲的掘尾龙！

羸弱的掘尾龙撒了一阵的欢儿后，直往前面的沟边走去，我便尾随着跟上。来到水沟边，掘尾龙便钻进了一片芒箕丛里，一下子从视线中消失了。一会儿，草丛里便传出了吱呀吱呀的声音，我知道那是小狗见着母狗的亲昵声，便拨着芒箕找进去。果然，在没胸的草丛里，掘尾龙正在哺喂着一窝小狗。我心里一下受到了极大的震动，以致眼睛都模糊了起来：母爱，一个千古的话题活现在眼前！两天一夜，它就在这里，从生产到哺育，它要承受多么大的艰辛！它得战胜多少的寂寞！还有白天的高热，黑夜的毒虫！它就这么不吃不喝一步不离地呵护着它的娇儿！

伟大的母爱！

母　亲

年在母亲的叨念声中，说到就到了。母亲肯来城里，是经过大哥三次恳请才答应的。这大过年的，应该给母亲备点儿什么年货呢？常规性的年货，诸如糙米糯米芝麻绿豆鸡鸭鱼肉什么的，自然包在大哥身上了，我们不必去操办，我大嫂在这方面是把好手。大姐也打来电话，说她给母亲购置了衣服，让母亲穿上新衣过年，毋庸置疑，大姐在这方面是想得周到的。于是剩下我，一定要让母亲满意。然而，什么好呢？

母亲说，这城里的冬天要比农村里冷。这不是有了？我灵机一动，骑上车，到农贸市场去，我要为母亲选购一袋木炭。

在家我是小儿子，自小跟着母亲睡，一直到小学毕业。记得每到冬季，母亲就要提个火笼，白天工闲时，无论是走路还是打坐，母亲都将小火笼放在肚腹边上，牵上衫脚罩住，让那木炭的暖火温暖着肚腹及前胸。要是无事，母亲还常在笼里煨些小食，有时是煨条小红薯，有时烤条鱿鱼，有时实在没东西烤，就烤几个花生，一律都是香喷喷的，直惹得我们流出口水来。夜里，母亲总要将小火笼放置在被窝里，并不断地用脚调整位置，我们处在里面，只觉得暖烘烘的，等到我们都睡着了，母亲便用双脚钳住那小火笼入睡，直到天亮。神奇的是，年年如此，就没有被打翻过。母亲的小火笼还是个最好的烘箱。有时谁不慎尿了床，特别我小时最爱尿床，母亲发现了，半夜里将我的裤子解下来，放置在小火笼上慢慢烘干,于第二天天未亮又穿到了我的身上,要不是早餐时闻着有股臊味儿,可是连我自己也不会知道的呢。

接母亲来时,正是个大冷天,母亲冻得直打哆嗦,大哥给她老人家披上了大棉袄,也还是冷。母亲说,有炭吗?要有炭,烧个火笼就好了。说着,母亲还在包里真的拿出个小火笼来。可是,哪来的炭?我立马到电器店买回个取暖器,插上了电,立时屋里便暖烘烘的。我问母亲,还冷吗?母亲说,不冷了。只是夜里不能放到被窝里。

是的,电器是不能放在被窝里的,走时我一再地叮嘱大哥大嫂。

可是,我几乎走遍了整个农贸市场,就是找不到所要的木炭。问别人说,要到河堤路,那地方兴许会有。在河堤,我终于找到了。当一袋叮叮响的木炭放在母亲的面前时,母亲的嘴笑得合不拢了,阿七,你是怎样找到的?说着话,母亲找来蛇皮袋,将那炭一分为三。一袋给我,一袋交给了大侄,说,快,给楼上的李嫂的前面的王婶送去。

我在一旁正诧异着,只见母亲那缺了门牙的嘴笑得正同一个孩童似的。

五哥当兵

1968 年春，地方还在一片纷乱之中。征兵了。正在念初中的五哥回家来宣布说："我要当兵。"

父亲不无担忧地说："你能行？"

"行，我这身子连个牙缝也没有！"

"我是说你大姐夫……"

"我……"

五哥犹豫了一下，还是坚持报了名。报了名之后的五哥便忧心忡忡地等待着。体检是跟一帮同学一起参加的，挺顺利，五哥样样过关。最后，医生一拍五哥的肩头说："棒小子，你就回去等着穿军装吧！"

穿军装，这可是五哥做梦都想的事。医生的话，无疑是给了五哥莫大的鼓舞。五哥设想着自己穿上那草绿色的军装，一颗红星头上戴，革命红旗挂两边，是多么的威风，多么的荣耀啊！

然而一想到大姐夫，又自卑了起来，心里不免生出了些小的埋怨来：大姐你好糊涂，那么多的贫雇农你不嫁，怎么偏嫁个地主仔？五哥当然也知道大姐夫是个人民教师，属于国家干部，可大姐夫的父亲却是老地主，虽然大姐夫还未过上一天的剥削阶级的生活，却也永远担着个地主的名义。

填表时，五哥耍了点儿手腕。五哥得意了一会儿，过后却是更大的担心：社会关系复杂，且又隐瞒不报，显然是罪加一等，看来这次当兵是没有什么指望的了。

五哥便不怀希望地每天继续读语录，学习毛泽东思想课，好像根本就没有那么回事儿一样。

父亲老是说："我都说吧，白让人家捏了一场！"

每逢这时，五哥便只有一句话回敬他："谁叫你让大姐来害我？"父亲便是无话可说了。

武装部的通知书是那天突然接到的，五哥捧着那印有"最高指示"的《新兵入伍通知书》，心里别提有多高兴了。五哥真想跳个一丈八尺高，大喊一通："我是一个兵了。"

可五哥还是强忍住，不敢过于高兴。大姐夫的问题始终让他不寒而栗。这方面的先例不是没有的。去年邻村就有这么一个，家里连入伍的酒也都请过了，在公社召开欢送会时，还被摘下大红花送了回家。

于是，五哥只有暗自高兴，一点儿也不敢张扬，连同学们问他接到通知没有，他都只是摇头说没。

在那个细雨绵绵的下午，五哥一个人走七公里的路来到公社集合。临行，不敢告诉亲戚和同学，连我也只送到村边，看着五哥默默前行，就像是平时去上学或者去赶圩一样。

五哥终于要离开家乡了，五哥终于成为一名解放军战士了。

报　答

　　早上，一骨碌爬起来，腿一伸，不痛了！好了！她猛一高兴，便驱车外出。一股温和的春风，吹得十分惬意。是的，这次病痛，把她困了足足一个月之久。一个月，就是三十天，每天吃药擦药按摩理疗看电视，连上趟卫生间都得丈夫来背，她老以为要与这和暖的、明媚的阳光诀别了。

　　中国有句古话，知恩不报非君子。她算是病怕了，这次康复，她要好好地感谢曾经关心和帮助过她的人。

　　可是，她的病到底是怎么好的？具体说是吃什么药好的，吃了谁介绍的药好的？连她自己也说不清楚。怎么个报法，怎么个谢法？

　　一个月前，她的一条大腿突然痛得要命，从屁股根一直到脚后跟，似是有一条绳子紧收着，痛得整条右腿都弯了回来，稍稍想抬一下或伸一下，便会痛得像杀猪一样。

　　难道我刚四十岁就跛了、就瘫了？那是多么可怕的事啊。她真不敢想象自己瘫在床上的日子会是怎样，现实也不能容许她就这么瘫了下半辈子，她的事业还要进一步拓展，她还有许多的计划尚未实施。

　　于是，她开始求医。丈夫用车带她上了医院。

　　路上，遇上了老同学阿晴："你这是坐骨神经，千万别去医院，到了医院，只会给你打封闭针，死是死不了，好也好不了。我介绍个偏方给你吧，是我家婆吃好过的，你立马去找条二斤左右的活鲤鱼，一定要公鲤，而不是母鲤,加乌豆煲烂,吃下去,包你好。"

于是他们回了家,丈夫去了市场。

一会儿,过去的同事,现已升任某公司会计的阿新,听说她腿痛,也打来了电话:"我说老伙计呀,这病我也得过,你不要太过紧张,不过痛起来喊爹喊娘哩。"

"谁说不是?你快说后来是怎么好的?"

"我告诉你吧,我是吃了一副特别的中药,你立马去买条铺鱼回来煮杨桃,记住,是酸桃,不是甜桃,保你明天就好。"

于是她又交代丈夫去办了。

不久,远房亲戚龙表姐又急急赶来:"我听说表妹你腿痛了,你可千万不要去医院,现在的医院,只会斩钱,这病他们是治不好的,我来是要告诉你一种方法,很简单,不用一分钱就能治好。"

"有这么神?"

"是的,你表姐夫那年痛得说不愿要这条腿了,后来听人介绍,找来一只海芋头,用火煨热,然后切片贴上包好,半小时见效。"

见表姐说得这么奇效,她便又叮嘱丈夫去办了。

下午,她的一个工人又上了门,"老板,听说你腿痛了,给你介绍两种成药,一是坐骨神经丸,日本产的;二是国公酒,北京产的,只要按时服用,保你无事。"

对比之下,这药似乎具有科学性,不过,病急乱投医,管你科学不科学,能治好病就好。

鲤鱼乌豆,她吃了;铺鱼酸桃,她也吃了;海芋头,她煨贴了;药丸药酒,她服了。当然,并没有介绍人所说的那么神奇,然而,她挺有信心地服用了几天,再加上擦药针灸按摩哈慈一并用上,这不,竟然是好了。

不过,要她说怎么好的,连她自己也真说不出来,却怎么去谢人?

又是丈夫给出了主意:"干脆来个聋佬拜年大家都一样,买几件礼品,给每个好心人,人手一份,不就行了么?"

疾 苦

　　她辛苦了半生，奋斗了半生，终于歇了下来。一条大腿痛得不得了，尽管她是极不情愿，可不得不躺倒下来。

　　躺下来也还痛，只不过是站不得，没有办法不躺罢了。

　　忍着剧痛，她在想自己的半生经历，想自己的半生奋斗。

　　这辈子，几时停歇过？过去是为穷之故，是为解决温饱而奋斗，现在虽然事业有了规模，她的麾下有了几十工人，再也不用为温饱发愁了，可蛇大洞也大，你得为这些人着想，为企业的前途着想，为正在上学的儿女着想，稍有倦怠，自己的企业就有被激烈的竞争挤出线外的危险。能歇？能不动手动脑？

　　这辈子最有意义的是自己的奋斗史。她算是穷怕了。十多年前，他们夫妻的工资合起来才不过八十元，养两儿女，负担两家四口老人，平均每月只有十元的生活费。她是捱得苦的。不过这苦捱起来毕竟是痛苦的。不是么，家里老长时间不买肉，闻到别人的肉香也要流口水。儿女叫买冰淇淋的乞求声最让人撕心裂肺。更有甚者，一次她上街，兜里明明有五元钱，在要购物时却找不到了，真个是米少偏粘煲，她难过得连午饭也不吃了，饿着肚子回来了，躺床上一天一夜不吃也不喝。丈夫叫她时，她却说，是我弄掉了钱，我要几天不吃补回来！看，那时有多傻咧。于是她发誓这辈子一定要做到丰衣足食，起码也要让一双儿女过上丰盈的生活。

于是她早早地下了海,用20元租金租下了一间小小饮食店,每天既当老板,又当师傅,既当采购,又当服务员。起早摸黑地干,半年之后生意上了路,她便开始招收了第一个工人,并增加了品种。一年之后,生意红火了起来,她便自我滚动,用自己挣来的钱来扩大店面,增加项目,直到现在,她已拥有四十多名工人,自盖了两幢房子,她还是生命不息,奋斗不息。

腿痛动不得,她的脑子仍然得动。躺床上好,还得不停地谋划近期应该增加什么新品种,打出什么新品牌,让顾客常吃常新。

丁零零……一阵门铃敲响,身旁的小狗"大姐巴"应声猛地咬了起来。

杂工阿姨跑下楼去,一会儿领来了一对夫妇,"大姐巴"便追着脚跟去咬。喝停之后,这对夫妇才得以问安:"阿嫂,好点了么"?随即拿出一袋子苹果。

她一看,是上好的国光苹果,便吃力地说:"你们有心来就行了,怎么要买这么贵的果子?"

"我们听说,腿痛多吃些苹果好,能增加维生素。"

说了一会儿的话,腿痛似乎减轻了些,是不是精神分散之故?

中午,丈夫回来,发现一袋苹果,问:"是谁来了?"

她说:"是你弟阿七。"

"他还舍得买这种果子?"

"来看我,怎么就舍不得了?"

"你不知道,他们夫妻都下了岗,小七子发烧都几天了,要求他爸买一元钱的瘦肉煮粥,不但被拒绝,还挨了骂,小孩子家,吃什么肉粥?学费还欠着呢。"

"是吗?这个阿七!"

她于是拿起了电话:"是店里吗,我要采购,你立马到市场给我买20斤瘦肉送到阿七家去……"

"你一下子要那么多的瘦肉也不好",丈夫插了话,"你不如只买二斤，其余的折合钱，让他既有肉吃，又交上学费……"

"是啊，看我都痛慴了。喂，采购，就买二斤，对了，就买二斤……"

妻子离家的日子

她本来每天都很忙，天一亮，就开始操持那个规模不小的酒店，到打烊回来，已累得骨头似要散了架，连最爱看的电视连续剧也看不了，更顾不上丈夫如何，子女如何，老人如何，猫狗如何，真个是悠悠万事，唯睡觉为大。

是一个偶然的机会，使她生出了危机感。

那天她跟着别人来到市郊。那里住着个女巫，据说一炷高香点上，便可知道人的过去未来生死祸福。她本也不信，但见问的人都点头言准，便也就掏出五元钱，点上三支香，说了自己的生辰八字。只见那女仙双眼闭上，把头一晃，一个大大的呵欠，然后开言说此命大福大财大贵，但后院不稳。细而问之，则是说男人出名，命带桃花，夫妻情缘已尽，只有同床异梦。

这还了得！老娘每天起早摸黑地干，为他挣来了房子，为他挣来了车子，为他挣来了面子，他却偷偷干起了对不住人的事来了？这种事，不点破还好，一经点破，就不能安生了。

于是，她决定出差。

晚上同丈夫说了，她要出一趟远门，得三天。

清早，丈夫送她到了车站，帮她购了车票，便匆匆赶去上班了。

她却退了票。住到了她家对面的旅社里。她特地选了个正对自家窗户的房间，买回几盒快餐面，木然地坐在窗口前。

上午挺平静。好一会儿，丈夫骑着自行车回来了，后架并没有带有长发姑娘，倒是前篮里放着些青菜鱼肉等。门开了，"大姐巴"像是相隔了许久没见面了，把那尾巴摇得忒勤。关上门不久，她的手机便响了："到了吗？别忘了你早上还来不及吃……"

她只感到心口热热的。

然后厨房里油烟顿起，然后拖地，然后淋花，然后孩子放学回来，然后吃饭，然后就再也没有动静。

下午又是上午的重复。

黄昏时倒有点儿异常。她看见有个女的来到门前，掏出钥匙，开门进了去，因为光线不够，认不出是谁，居然还配有钥匙！可不一会儿，丈夫送了出来，说这两天你就不用来了。她才认出，原来是家里的保姆。

然后是电视新闻，丈夫是每晚必看的。然后看见丈夫推车出门。不一会儿就又回来了，前篮里装着报纸，是晚报，这也是丈夫每晚的节目。关起门来，便不再见丈夫出去。只见丈夫看了一会儿报纸，然后坐到电脑前，打开了电脑。她心里想，这书呆子又要熬夜了。可不一会儿，丈夫又站立起来，到窗口凝视了一会，正对着她，她忙将百页窗帘拉下。便见丈夫回身找了支烟点燃，吸了一口，便传来了严重的咳嗽声，她的心一下也跟着痛了起来：你都不会吸烟，却吸它干什么？

咳了一会，丈夫便又坐到了电脑前，可敲不到一刻钟，便又站了起来。她的手机又响了起来："你睡了么？一个人出门，得小心点儿，现在不同过去……"

她只想哭，最后只说了一句："你不要吸烟了……"

"怎么？你怎么知道我吸烟了？……"

心　愿

接到林大德家人的口信，说林大德已经不行了，我的心头不由一下子沉痛起来。怎么说走就走的了，真是人生苦短哦。

要说林大德活得短，也不切实，六十九岁的人生，其实是比上不足比下有余了。家里是三世同堂，二老是椿萱并茂，膝下有儿有孙，小家庭生活滋滋润润，按说是死而无憾了。可当我赶到时，林大德那双眼分明还瞪着，任他的老伴怎么捋也合不拢来。我知道，林大德是带着一个遗憾走的。便飞车回到家里，取来了那座天安门塑像，让他双手抱着，那瞪着的双眼竟是神奇地闭合了。

我知道，林大德有一个最大的愿望，就是去一趟北京，亲眼看一下天安门。要说这个愿望，他是有机会实现的。可冥冥之中，不知是有什么在作祟，让他这一生就是实现不了。

早在1950年，十八岁风华正茂的他走上了当兵之路。他当的是志愿军，出朝打仗，兵车送运时，经过北京，可不知是由于人多还是什么原因，他们只在丰台逗留了一夜，便雄赳赳气昂昂跨过鸭绿江了。这一次算是与天安门擦身而过。不过，他没有太多的遗憾。认为机会还多着，要是出国不死，等到凯旋回来，一定有机会在北京住个十天半月，那时随你怎么看不可以？不想还未等到部队凯旋，他便迷迷糊糊地回了来，并且一直在医院里呆了十个月，从身上取出了三块弹片。其后被安排到了国营机械厂工作。他像一台永不生锈的机器一样，不停地运转，又像一头老黄牛一样，不息地工作着。这么干了十多年，于1969年共和国二十周岁时，获得了个上京观礼的资格。可就在他打点行装时，他又接到了通知，取消了。原因是查出了他的一房亲戚是资本家，且在海外。

行李一摔，倒头便睡了三天。醒来时问过我，到一趟北京得几天？

我说至少也要七天。

七天？

是的，这么给你说吧，来回各两天，在北京只呆三天，天安门广场一天，长城一天，颐和园一天。

好，我知道了。

可那时上班，一年里忙忙碌碌的哪里有七天的空闲时间？

临退休时我见了一趟他，我说，阿林，退了休有什么打算？先玩玩吧，这些年忙乎了半辈子了，要上一趟北京，不就是七天吗？中国人连北京都去不成，连天安门都没见过，还算是中国人吗？

我知道，这个愿望在他心里是越来越强烈了。

然后他退了休。

然后他儿子为他找了一份差事，给单位看门。

然后他就又上班了。看门，是一份很不错的工作。不过，真的干起来，绝不比上班时轻松，一是时间长，二是没有假期，三是繁杂啰嗦，特别现在情况复杂，稍不留神，小偷从你的眼皮底下把自行车偷走，人家即使不说你失职，你也不会好受。况且，他林大德是个不干则已，干则要好的角色。

这天我正好跑了一趟北京回来，特地给他带回了一件礼物，一座精致的天安门雕塑。

他接手抚弄了一会儿，然后还了我，说，这我不能要，我要亲自去买一个。

谁知，他竟走得那么快，就让这个陪伴他吧，以后他有的是时间了。

三十六计之于手机

他那只手机成了真正的移动电话：1. 功能单一；2. 接打电话时人要不停地移动。

他早想换了，只是找不到理由。每每看到朋友或同事从腰间拔出来的手机，五花八门的，他便有点儿自惭形秽的感觉。

机会终于来了。这天，小孙儿在哭，他无以哄，便从腰间拔出了手机，打开了铃声，交给小孙儿。谁知这小家伙不买账，接过了手便往地下重重一掷，那机便散了架。奶奶心痛得不行，他却有种说不出的高兴，正是旧的不去，新的不来。收拾起来，重新组合，要声无声，要形无形。丢开了孙儿，立马奔向海陆空，不用交代你也会知道，这海陆空是本城最大的一家手机市场。进了门，那里面一望无际，全是手机的海洋。行业竞争激烈，也带来了服务质量的提升，不是吗，只要你进了这个门，就不失花一样的姑娘投以花一样的笑容，让你如坐春风中。

不过他都不领情，而是直截了当地奔向53号柜台，交钱提货，不过十分钟，一台靓手机便属于他所有。回来的路上，他一边开着那手机，一会儿是和弦彩铃，一会儿是拍摄录像，一会儿是短信彩信，一会儿是播放影视，还有MP3、MP4，以致坐在旁边的女士对他嗤之以鼻，他也全然不觉。

总之，他是得到了一个最满意的手机。

可是，他突然想到了一个问题，而且是极其严重的问题：夫人这关如何过？

说换手机，那是无疑义的，可是，以一个平时只能接打电话的手机，一下子变成了个多功能超功能的手机，她会怎么想？

关键是价格问题。夫人是个生意人，半生中辛勤经营，所挣的钱是她这辈子也用不完了。可越是这样就越会吝啬，正所谓"乞食佬的命，财主佬的钱"。夫人最大的特点就是卖出的东西越贵越好，买进的东西自然是越便宜越好。所谓知妻莫如夫，他是最懂得这一条的。因此，回去绝不可以老实报价。

想到了报价，他直后悔刚才不要求老板往少里开发票。想到这儿，他立马拨通了手机老板的电话，说明了要求。回答是不可以。再说人家都喜欢往多里开，昂贵代表荣耀。你不见一些人穿件名牌衣服还故意地将那个高额价格卡留在衣物上面吗？

原因他不能再说了，同是女人竟有这么大的差别，一样的米养百样的人，他信了。

不过，手机是绝对不能马上使用了。更加不能让小孙儿知道，这小家伙小小年纪也喜欢了追新立异，让他看到了，不就等于向全世界都公开了吗？

他只好按捺住喜悦的心情，又将那手机连同各种配件一件件地放归盒子里，回到家，悄悄地放到书柜的最高处，只到了夜深人静才偷偷地拿出来摸摸看看拨拨试试。有一次不慎按到了MP3，美妙的音乐划破了静谧的夜空，他被吓了一大跳，关好之后，偷偷察看过了夫人和小孙儿，看看没有反应，一颗高悬的心才算落了下来。

对着《三十六计》冥思苦想了三个晚上，综合了瞒天过海、围魏救赵、偷梁换柱、金蝉脱壳、暗度陈仓、声东击西、指桑骂槐等计策，终于想出了良策。第二天他去买回了退字灵，将那个价钱去掉个千位数。并且想好了临场答辩词。这天，他算是有备而来，大大方方在夫人的面前亮出手机，拨打一个电话，果然发现夫人的目光很异样：

换了？我看看。

无条件递了过去。

功能齐全吗？

那还用说？

说说。

摄像头，彩铃，彩信，MP3，MP4……

好啊，怕要三千多吧？

你太抬高了。

两千？

再往少里猜。

一千五？

得两台了。

啊，这么便宜？发票，拿来。

他摩挲着交给了她。

怎么我总觉得这票有点儿猫腻？

不会的。实话告诉你吧，本来这个价是买不来的，不过，店铺要转手是清仓货。

这么说还算成立，不过质量问题考虑过了吗？

保修一年，该不会有问题吧？

那就好。

哦，论文通过了，答辩也通过了，他的心里不由兴奋了起来。

好啊，我那台也该换换了，就烦你再去搞一台吧。说着，夫人掏出了750元交给他，这台就先归我了。

这……

养猪卖猪

夫妻二人都拿国家的工资。拿工资就叫工薪族，工薪族很好，很有优越性。优越就优越在旱涝保收，任你自然界刮风下雨落刀子，只要到了那个日子，名字一签或者图章一盖，白花花的银子便领了回来。一家人便可以滋滋润润地过日子。加之那时还有粮油指标，过年过节还有各种的补贴，这才叫城乡差别，叫人千方百计绞尽脑汁削尖脑袋也要往这个族里钻。一个钻进了，便要比普通人家强，如果两个都钻进去了，那他家就是天上人家了。

现在却不同了。先是粮油取消了，大家都拿同样的钱去买同样的粮食。物价在一个劲儿看涨。这么跟你说吧，那时一只鸡蛋才三分钱，一斤猪肉八角钱，一斤大米才一角三分九，现在呢，鸡蛋涨到了六角，足足二十倍。而工资的增长却总是跟不上这个步伐。这么一来，虽然夫妻都照样拿着工资，可一个月下来，却总是出现赤字，更有住房改革，孩子读书，人情客往，都向他们提出钱钱钱。是到了没钱不行的严重时刻了。夫妻俩便商量找钱。在众多的找钱门路中，他们选择了养猪这一条。养猪，虽说不能大富，可只要你舍得辛苦，半年可以出一次栏，一年可以卖两次，倒也可以帮补不少。

说干就干，妻子可是个认准了就上的人物。丈夫立马去捡砖头砌猪栏，妻子去选猪苗。三天后，一头肉乎乎的长白猪仔便加盟了他们的行列。这以后的每天，丈夫早晚两次跑市场，拾回了必要的青料，妻子自然尽了喂养的职责，像是照料自己的孩子一样，给猪进料，给猪洗身，给猪捉虱，上班前要看一看，下班立马回来就要见到它，连睡觉前也还要去摸一摸，才睡得踏实。功夫不负有心人，正好六个月，那猪就出栏了。

他们是卖给食品站屠宰的。这种卖法，其实挺方便，今晚把猪赶到食品站的栏舍里，明早前去过秤，一手交肉，一手收钱，半年的辛苦，半天即可银子入袋。可正当丈夫喜滋滋地将钱交给妻子时，妻子的眼一瞪："怎么，才这么些？"那神情似乎是他们已出卖了一座金山或是出卖一个银海，而交到她手上却仅有区区八百元。

"你不相信？是我亲自看的秤，发票在这里，你不会看？"

"我不是怀疑你，我是说，你被人家骗了，人家趁开肚时，在里边多割了肉，你知道什么？这么大一条猪，怎么就只八百元？咳，都怨我，我要早起一些去就好了。"听妻子那怨艾声，丈夫回头想想，似乎也不无道理。

不管怎样，猪卖了，他们总是得到了实惠，也就是说，除了猪的本钱，他们一家伙赚了六百多元，虽然里面包含着丈夫的起早摸黑和她的日夜辛苦，但养总比不养强，不养，谁在一个早上送给你六百多元？除非你是握有一方实权的官。

于是他们再接再厉，又买回一头肉乎乎的长白猪。

又是半年的辛劳，那猪又出栏了。这一回，妻子说什么也不卖食品站了。她听信了一位同事的话，把猪卖给海南的收猪佬。这种卖法就更简单，整猪一过秤，抬上车一放，便敲数收钱。且省去了交公家的二十元保金，丈夫认为值。

可当他如数将钱交给妻子时，妻子的大眼又是一瞪："不对吧，怎么又是八百元？"

"怎么不对？是我看的秤，是我算的数，一分不差，还少交了二十元的保金。"

"我说是呗，同是那么大的一头猪，又少交二十元，怎么才八百元，我问你，是谁打的秤？"

"当然是人家，可我就在旁边。"

"我再问你，秤猪前，那秤你校过吗？"

"这倒没有。"

"这就对了。显然是人家在秤上使了手脚，我都说呗，这么条猪，才是八百元。咳，都是怪我不跟你去，怎么就急着打扫这猪栏做什么？"

丈夫慢慢一想，似乎是有那么回事。

猪卖了，猪栏清洁了，可这一次，他们却久久也没去要猪苗了。

保 姆

这是一个温馨的家,由一对夫妇、一双儿女、一位阿姨组成,每天里热热闹闹。丈夫是干部,妻子是教师,白天他们都去上班了,一双儿女便交给了阿姨。阿姨负责煮饭、烧菜、洗衣服、搞卫生、带小孩,把整个家庭都搞得妥妥帖帖,夫妇俩回来便可以吃饭。吃完后,或休息,或散步,或看电视。日复一日,年复一年地过去了,一双儿女渐渐地长大了,进了幼儿园,入了小学,升了中学,又读上了大学,阿姨也就慢慢变成阿婆了。

按照惯例,儿女大了,保姆的使命也就完成了,辞退那是早晚的事了。然而,阿婆由阿姨演变而来,早已成了孤身一人,二十年像个梦一样,说过就过了,人也成了一把干柴,从这里走出去,如何走完这人生的最后一段路?她犹豫了。就在小儿子启程上大学的那天,她一个人在房里静静地收拾着东西。当她最后一次拆洗那孩子的被子时,她流出了汪汪泪水。梁园固好,却不是自己久驻之地。唉——一个叹息足足绵延有八尺长。

干部回来了,看见她在收拾行李,忙来说:"阿婆,你要去哪里?"

"回去呗,能去哪里?"

"回去?我都听说了,你哪里还有家?那间土屋都早塌了。你还是住我们这里吧。"

老师回来，听到了她那长长的叹息，忙拿开她手上的行李，说："阿婆，还去哪里？这就是你的家了。"于是，她便又留了下来。不算太阔的三室一厅，那小房间仍然属于她的。于是，她还是手不停脚不歇地做着家务。没有了小孩的家室，其实也没有多少工作可做，便是反复地擦反复地抹，直把一室的家具抹得油光发亮。夫妇都劝着："阿婆，没有事你就多歇歇，别把自己累着了。"这话在她听来，就有一种十分亲切感。便说："手上的工，也没花什么气力，闲着也是闲着，能做就做呗。"夫妇俩也就由着她，反正是做惯了工的人，你叫她停下来，她还觉得难受呢。

每到门外，遇上些邻人，都问："人家子女都上了大学，你还没走吗？"

"走？走哪里？人家留着咧。"

"你算是遇上好人了，他们是不是要认你作母亲？"

"他们没这么说，可也差不多？"

干部下班回来，总要问一声："阿婆，煮熟了饭，你就先吃，不用等我们吧。"她却总是等着："反正也不觉得饿。"

教师回来，总要问句："阿婆，累着没有？"

她总是说："不累不累，又没有多少的工作。"他们对她好，她心知肚明，她的心里像是欠着什么似的，总想多找些活儿干，才觉得好受。于是，三室一厅，她总是不停地抹，反复地擦。

这天，她看见邻居二婆在打手套，便也央她给些做做。这也容易，工厂里织出的手套，五个手指都还未封口，只须用针将这五个手指缝拢，每只得五分钱。可喜邻居二婆供给了她，她便手不停地干。在这对夫妇下班时，她已缝好了三十多只了，也就是说，她也能创收了。教师回来见了，说："阿婆，你这是何苦？怕我们供不起你吗？放心吧，我们有一碗，你就有半碗吃，用不着搞得这么辛苦。"

"手上工，辛苦什么？只是这眼睛不大好使。再说，这两个小家伙读书花费不小，现在可不同过去了，无钱不读书哦。"

干部回来也看见了，除了叫她不要太辛苦之外，也就不怎么干涉，反正老人的手停了，会觉着不好受。第二天还特意给买回了一副老花镜，阿婆戴上了，看东西清晰得很，做起活来更是轻快。

　　人要是永远都一个样便好了，可是不行，总要有生老病难陪伴着。这天，干部和老师回来，家里静悄悄，忙进小房，老妈竟是卧床不起。伸手一摸，挺烫的，老师忙将她背起送医院。夫妻二人陪着，又是打针，又是服药，直折腾了一个中午，老妈才有所好转了。不过，这一病，老妈的身体竟是每况愈下，一天不如一天了，以致后来，竟是能吃不能做的了。夫妻俩上了班，家里没人照顾，放心不下，只好到劳务市场雇了个女孩回来打理家务兼服侍老人，老妈躺在床上便更觉得不舒服。于是在一天上午，趁女孩上街买菜，便挣扎着蹒跚出来，直往江边走去。走着走着气力实在不支，便伏地爬着，一步步地靠近江岸。女孩回来，不见了老人，急忙给干部和老师挂去电话。夫妻二人急急赶回，喊不应，找不着，便想着江河，匆忙赶来，一眼看见老妈狗样地爬向河边，好险，离那滔滔江水只有几步之遥了。

　　干部一个箭步冲去，一把拉住了就要往水里滑下的老妈，"阿妈，你怎么能这样，是我们对你不好吗？"

　　老人哭了："就因为你们对我太好了啊……"

对面的女人

这次旅行真走运，在中途站上的车，居然还能补上了卧铺，而且还是个下铺：11车8组下。安顿好行李，打算睡个痛快。对面的睡了，被子裹得严实，从露出的一堆头发看，是个女的。

那是一堆挺好的头发。灯光暗淡，模糊之中，只能从体积判断。说它是一堆，不很得体，可一时也找不到更好的词眼了，意思就是多，且乱。

一时未能睡着，便想，那一定是个年岁不很大的女人，是姑娘？少妇？大嫂子？敢肯定，不会是老太太，谁见过长如此茂密头发的老太太了？

管她是什么样的人？不可再想，做梦了怎么样？

果然做了个梦，不过与女人无关。梦醒时分，车上的广播也响了。一骨碌坐起来，对面的更早，不见人了。

不一会儿，回来了，带着毛巾牙具，那头乱发早已变得光滑驯贴了，果然是头秀发，果然是位少妇。

当她将目光投来，四目相对时，我们都不由"啊"地叫出了声来：

是你啊？

是你啊！

紧接着是两个异口同声的疑问。看得出，她同样感到了惊异。

几时上的车？我都没有发现。

昨夜凌晨。你呢？

始发站。怪不得。她说：出差了？

是的。你呢？

也是。

便没了话。我也不知道跟她说什么好。缄默了一会儿，还是她来打破沉寂：真不好意思，我们虽然住在对门，可我还不知道怎么称呼你呢。

是啊，我们可真正是鸡犬之声相闻，老死不相往来。我颇有感慨地说，我姓申，叫申哥吧。我知道你，叫小雪，是吗？

是的。我也知道你是位作家，电视上曾见到过，可每次总是见到了你，他就关了。

我知道这个他，就是她那位有点儿盛气凌人的老公大人。

那是，仇人相见嘛，自然分外眼红了。

对面的邻居，用得着这样吗？其实我也真不明白，你是在哪里得罪了他？

都是那个刘八，刘八你认识吧？

当然，不过我不喜欢这个人，嘴太碎了，见着人总是飞短流长的。

你是个明白人，其实你认为我对你妈有那个意思吗？

我妈？你？哈哈哈，真是笑话了，你会看上我那老太婆子？

可刘八跟他说，我对你妈不安好心，甚至动手动脚。那当然是你未到他家之前的事了。

哦，怪不得，我妈平时对你也不正眼看过，原来你们有过一腿。

什么跟什么嘛，这也叫有一腿，那人间的浪漫不是太多了吗？

到底是怎么回事？能说说吗？

不做亏心事，自然不怕鬼敲门了。是那一年那一月那一天，我开着那辆小卡，路过市郊，下雨了，正好那地方无躲雨的东西。远远的，我看见一个女人淋成了落汤鸡。我便停了车，将她拉上车来，不想竟是你妈，不，应该说是他的妈，我的对门邻居。我看到她冷得直哆嗦，便叫她脱去湿衣，解下我的外衣给她披上，她冷得手都哆嗦了，是我帮她扣的扣子，正好这时，刘八也从那里经过。不过，你可以问你妈，解湿衣时，我是拧开面了的。

哦，就这？

还会有啥？她说不上可做我的母亲，也可以当我的大姐吧？

误会了，真是误会了啊。那么他对你呢？

他对我便形同路人。不，成了仇人。你还记得那次市里叫打狗吧？我那条看家狗不知几时得罪了他，提着哨棒追进我的门里要打。被我家人骂了，他说是我的狗要咬他，我只说了一句：我的狗从不咬好人。

哈哈，作家毕竟是作家啊，你不知道这句话有多毒了。难怪他这样恨你了。

其实人生是一个长长的梦，经历只不过是梦里的游戏，何必这样去计较。

误会，确实是一场误会了。回去我跟他说清楚。

你？回去说？说你跟我在车上奇遇了？我怕你是越说越黑咧。小姑奶奶，我劝你还是不说为好。

我？哈哈哈，笑过之后，她突然变得严肃了，不过说得也是，他这个人啊，活脱脱一个奥赛罗。不过，请相信我，这种老死不相往来的局面一定得结束了。

是啊，世界上没有永久的朋友，也没有永久的敌人。

是的，做不了朋友，起码也不应该做敌人吧。我同意，为了这个共识，我建议，由我做东，我们到餐车去，喝一杯。如何？

好。

她走在我的前头，秀发一甩，发梢扫在我的脸上，只觉酥麻麻的。

榕树下的瘦女人

　　长长的新兴路,延伸到桥头,形成个"丁"字。丁字路口处,有棵大榕树,说不清它有多大的年纪,只知道父亲乃至祖父在他们小时候就有的了。每逢夏天,这里便是纳凉以及娱乐的天地。现在秋凉了,并且是一天比一天冷下来,人们便都转入了屋里去了。这里便现出了它的荒凉,阵阵秋风吹得人们的心都发了毛,谁还到这里来呢?

　　不过也有。一个瘦骨嶙峋的女人,像是一根枯藤或是一截竹棍,终日在这里,有时坐着,有时站着。总之是坐累了站,站累了坐。秋风拂起那发了黄的发丝,飘飘悠悠的,一双呆滞的眼睛犹如两眼枯井,时而看着桥头,时而看着路,时而看着行人,有时什么也不看。

　　我早上去上班,路过桥头便看见了她,她的瘦以及她的黄发丝,都让人无缘无故地要产生一种怜悯。我便是无缘无故地走近了她。

　　"阿姨,你在等什么?"

　　她慢慢地反应过来:"先生,是问我么?这么说,你看见过一个后生仔么?"

　　她没有正面看我,我用左手在她的面前比画了一下,她的眼动了动,便又停下了。我猜她是眼睛不好,至少是看不清面前的人和物。

　　"阿姨,你要等的后生是什么样子,告诉我,我可以帮你找。"

　　"那太好了,这个世界还是有好人,刚才有个姑娘也说要帮我找。后生高高的，说话声音不大，跟你差不多，说话很好听。"

"那么你能不能告诉我，你等他做什么呢，他是你的什么人？"

"不，他什么也不是，他只欠我的钱，那天买我的手镯，他说等会儿给我钱，便走了。"

"阿姨，想你是上当了，怎么不给钱就让他走了？现在啊，可不同以前了，不抢你就好了，你能告诉我多少钱么？"

"我们说好了的，他回头给我三百元，那可是真玉的啊。是我妈给我的嫁妆，他看见了直说是好玉。我见他识货，便解下给他看，他说阿姨你的手太瘦太小了，不合适戴，便缠住要我卖的。"

又是一起诈骗案。

中午我回来，经过桥头，她还在等。

第二天，她还在等。看她那可怜巴巴的，直让人心疼。我在心里一百次地骂，是哪个没良心的小子，有本事不去诈骗大亨，而来骗这些可怜的老百姓，该是断子绝孙的。

第三天，她还在等。不知怎么，看到她那黄黄的发丝及枯井似的眼睛，便有一种本能涌上了心田，就好像是我天生地要帮助她，而帮不了她，就是我的一大过错。于是我便又走近了她："阿姨，对不起了，我这两天有急事，我去了很远很远的地方，让你久等了。"

她慢慢地转过面来，捉住了我的双手，她的瘦手在哆嗦着，那枯井一样的双眼分明渗出泪："你可回来了啊，你可知道我要钱干什么吗？"

"知道，阿姨，是我耽误了你，你打我骂我吧。"我把三百元钱塞到她的手上，并做好了挨骂或挨打的准备。

"好了，你回来就好了，阿姨怎么舍得打你骂你？到底这个世界还有好人，前天那先生还说你是个骗子呢。"

瘦女人心满意足地走了。又是一阵秋风掠过，榕树叶子簌簌地落了下来，我的心里是一阵快慰又一阵悲哀……

挑果卖的女人

一家红红火火的厂子，说停就停了，没有过渡，也没有商量的余地。她本来是以厂为家的人，可现在"家"散了，偏偏年纪也大了，再没有其他特殊本事。她找了几个月，问遍了小城的数百个单位，就没有一家愿意接收。也难怪，本已是僧多粥少，谁要你这"明日黄花"？她这才认识了什么叫人老珠黄。

重新工作是没有可能了，可肚子不可以停业。想来想去，她决定自谋职业。她想开一个店，可一因缺资金，二因没场地，终没开成。想来想去，最后还是决定挑果上街卖。

这挑果卖倒也简单。天亮来到水果批发市场，要了一担雪梨，一肩挑上，沿着大街小巷叫卖。倒也实际，既不用太大的本钱，也不要固定的场所，方便了顾客，把果子都送到了人们的面前。起初几天，还算不错，走不出三条街巷，一担果子便已卖空了。这无疑给了她谋生的信心和勇气。可她慢慢地发觉，当她沿街叫卖时，分明是像她一样的也增多了，都是天涯沦落人，现在谁也不容易。因而她也没有多大的计较，其实计较也没有用。不过，那果子是一天比一天难卖了。说难卖也不切实，其实销果量还是不少的，只是慢慢地，好像卖果的比买果的多了。

由于人都做了，也就引起了管理部门的重视。起初她挑卖是不收任何费用的，现在却不行了，只要你一放担子，那穿制服的就来到面前，嗤的撕下一张票子，动则三元五元，不由得你不交。

　　这天，她挑着担子，都走过了五条街道了，还未卖出几斤，那担子便像是越来越重的了。树荫下，她放下了担子，歇歇脚，喝了口自备的开水，猛见那穿制服的出现了，慌忙挑起担子就跑。制服却穷追不舍。毕竟挑担的怎么能跑得过空身的？未出三十米便被赶上了，伸手一拖，一个篮先落下，扁担从头顶飞过，另一个篮也落下，那果子滚了一地。"看你往哪里跑？"蓝制服给她撕了三元的票。她摸遍了衣兜，掏不出钱来，蓝制服便缴了她的小秤，扛着她的扁担走了。可怜的她，弓起腰来满地里收拾那些果子，眼里噙着泪水，特别看到那果被摔得一个个黑印的，她真想大哭一场。

　　街边木匠店的师傅见了，走过来帮她收拾，然后找来一根木棍："阿姨，不要哭了，就用这木棍挑吧，虽然硬了点，凑合着用吧。"

　　我下班路过这里，这一幕都被我看到了。可这种事是不可以见义勇为的，唯一的行动就是买她的果，让她减轻点负担。便走到她的跟前："阿姨，这果卖给我吧。"

　　只见她抬起了带泪的眼睛："你要？要几斤？"

　　"全要了。"

　　"不过，我刚才不小心摔坏了，这果留不长的，你要那么多做什么？"

　　"这个你就不用管了。"

　　"再说我也没带秤啊。"

　　"那就整担卖吧。"

　　"不了，不卖了。"说着，阿姨用木匠送的木棍挑上果担，缓慢地走了。

　　一点儿忙也帮不上了。看着阿姨的背影，便只好在心里默祝：阿姨，你走好。

硬卧铺上的女人

由上海开往南宁的197次列车，经过了一天的跋涉，于清晨来到衡阳，停车七分钟，上来了一个女人，就在我的对面。这下好了，寂寞了一天的19组卧铺，从现在起应该不再寂寞了吧。

然而，我的估计错了。

女人打扮入时，一身紧身装，将那本来并未显老的身段束得有板有眼，高高挽着的发髻，让人看去总有一种高高在上的感觉，白皙的脸面化上了淡淡的妆，眼晕里射出了青春的光芒，玉色的颈项，配上条金灿灿的链子，整个儿一副尊贵相。

她不同任何人说话。这样的人会跟谁为伍？我真的估计错了。

人生总是个缘，说什么你落到了我的同座，也应该算是个缘。我便主动跟她打了招呼：请问到哪儿？

她稍稍地抬了下眼，淡淡地说出两个字：柳州。

哦，我们有一半是同路了。我故作兴奋地说，我还以为你上桂林呢。

为什么非得去桂林？

也不为什么，我想起一支歌：我要去桂林。

此后便再也没有了话。

没人打牌，更没人下棋。长途漫漫多寂寞，既然有个不错的女人同座，相互聊个天，也好打发这旅途的寂寞呀。

我不甘心，不过与之交谈是不可能的了。这种人一旦自视高贵，往往是不屑于与旁人为伍的，何必去蹭她？我便采用些迂回的办法：变戏法儿似的从包里拿出个鹿扣，在手里把玩，并不时地弄出些金属的叮当声来。这是一种高智能的玩具，据说在欧洲风行了三百年，很少人能将它解开。我一面解着鹿扣，一边斜着眼睛看她，却没能引起她的一点儿注意，或者说她看到了，但并不感兴趣。

一计不成，又生一计。打开包，抽出一叠的书来，有小说，有散文，也有画刊，既有诺贝尔奖的，也有鲁迅文学奖的，一本本展览性地摆到了小桌上，并捧起了一本印着"小小说金麻雀奖"的小说集，装模作样地读着。当然，读书的目光不忘分出一线来注视对面的她，竟也是岿然不动。便在心里估价，这女人到底是做什么的呢？问她，显然是自讨没趣，只好在心里猜测罢了。有钱是肯定的，只有有钱的女人才会这样地自视尊贵，也许也有才，只有有才的女人才这么傲视别人。嘿，我发现，这样有目标地猜度一个人也蛮有意思的，起码也是打发寂寞的一种方式了。

读书引不起她的注意，我便又从包里掏出了一个小型DV，一会儿对着过道扫描，一会儿又将镜头伸向窗外，当然在扫描之中不忘将这个女人也摄了进去。她还是无动于衷的，眼睛只盯着一个地方看：窗外。有时掏出小手机来看看，大约是看时间，或者短信息吧。

在一切努力都归于失败后，我对她的兴趣放弃了。这时车到了永州站，停车三分，我伸了个懒腰，下车看看。

她没下。

车下出现了各种供应车，有卖快餐的，有卖小食的，有卖土特产的，有卖水果的。感觉肚子有点儿饿了，便掏了六元钱要了份快餐上来。快餐是一个陶盅盛饭，一个餐盒盛菜。把快餐放置小桌上，只见女人的双眼一闪，便站起身来向车门走去，这时，列车一晃，开动了。

女人回到了她的座上，礼貌性地朝她点了点头，我便开始了用餐。女人的眼光似乎没有那么冷硬了。待我将那一盅米饭及菜送进肚之后，将木筷折断收拾在盅里，正准备投掷到垃圾箱去，这时，她突然离座，向我走过来了，并说让我来吧。

什么？看把我惊在一边时，她说话了，先生，这个盅你不要的话，就送给我吧。

拿去吧，我便绅士般地挥了挥手。女人拿起它到洗手间一次一次地洗涮干净，回来说，这盅不错，谢谢你。

这女人真是怪了，一个配餐用而且用完就遗弃的陶盅，在她的眼里，竟然比风行三百年的智力玩具值钱，比这获奖的小说还重要，比我这个活生生的大男人还有兴趣。真是让人搞不清楚了。

不过，再一细看，那小鼓一样的陶盅，造型倒也别致。

豹 三

豹三，二十多岁，真像豹，头圆圆，眼圆圆，那双拳头也圆圆，真像拳击的皮套套。

凡在三岔口逗留过的人，没有不听说豹三大名的。

这天，美人鱼饭店突然来了伙浪荡汉，六个，自称为水东六兄弟。水东六兄弟也有名气，自从分田到户之后，便结伙同行，到哪里吃哪里。他们从山口一路吃到湛江，又从湛江一路吃回山口，从没掏过一分钱。其实他们囊中也没钱，酒足饭饱之后，拍拍屁股，便要行，知相的老板，还赔笑脸递上包钟山烟，不知相的上前索钱，他们便发酒疯，举手投足，碰到酒坛，酒坛穿水，遇上饭钵，饭钵开花。人嘛，更是一边倒，直到他们兴尽而去。再有寻事者，他们大衫一撩，个个腰间露出两排尖刀，说不准飞过一把，你就一命呜呼了。到你叫来了能人，他们已溜之大吉，并且再也没回头。

首次光顾三岔口。56家饭店关了55家，"美人鱼"却不关，他们生意正兴隆。好，今天就吃这一家。

"老板，给炒一只生鸡，一盘田鸡，一盘鱼腩，一个三鲜汤！"

"还有，六瓶青岛啤，两瓶莲花白！"

老板以为是好生意，自然吩咐下去。不一会儿，茶上了，酒开了，他们便"出五喊三"闹了起来。

吵闹一个多小时，总算完了。六人正待起身，老板把一张账单递来：54元4角。

"要交钱？你还不知道水东六兄弟？"

"什么六兄弟七兄弟的，我开店赚钱，没钱便不要来喝！"

"好，给！"为首的大哥衣扣一拨，腰间尖刀露了出来。老板一愣，今天撞桩了！不过，老板也是见过世面的。

"兄弟，不要这样，你没听说过豹三？豹三可是我的本家兄弟哟！"

"好呀，我们也早听说三岔村有个豹三，正好今日一会，叫来！"

老板原想抬出豹三一吓，收钱了事，殊不知六兄弟竟不退，没办法，只有请真神了。

一骑单车向南冲去，约莫半小时，豹三来了。果然豹头环眼，虎须燕颔，活脱脱一副张飞像。六兄弟一见，倏地跳起，立时形成包围圈，刷刷刷，12把尖刀拔出，迎着阳光，寒光闪闪。

豹三双拳一抱："诸位有话好说，好说。"一边在袋中摸索着什么，掌心一抹，呼呼打出，一股淡烟立时扩散，眨眼之间，六兄弟便东倒西歪了。

"捆上。"豹三命令众伙计，并取来剃刀，一个个剃了光头。

半小时后，他们清醒过来，一摸头顶，大吃一惊，忙拜倒在地：

"大哥在上，兄弟我等有眼不识泰山！"

自此，六兄弟再不敢放肆了。自此，豹三的声名更加大振。小孩偷懒不上学，父母便用他来吓唬。"看不叫豹三来剃你的光头！"小儿夜啼，母亲也抬出了豹三："还哭，还哭豹三来了！"

三岔口还是三岔口，56家饭店重又开张。三岔口从没见过律师、警察什么的，平时有事只记起请豹三。

56家饭店都相继去请豹三吃饭。可豹三就是不来，他耕田、养鱼，平时还摆弄些草药什么的。

为了平安起见，56家饭店又都留有一个席位，写明：豹三专座。

陈 大

中医陈大在三岔口摆档已有年头。提起陈大，真是名冠两省三县——陈大什么疾病没治过？心胃气痛、跌打刀伤、五劳七伤、花柳淋浊、经痛经闭、大血山崩，大凡他肯治疗的，都有奇效。

然而，陈大为人治了半世的病，偏偏为独子所难倒，利刀不削柄，电筒只能照亮别人。

一生就一个宝贝儿子，今年读到初二。那天参加乡田径比赛，百米跑冠军眼看就是他的了。可跑到一半多，扑通跪倒，就起不来了，他那左腿像被锥刺一样地痛。

班主任黄老师把他背回交给陈大。

陈大看着儿子额上豆大的汗珠，心里一惊。不过，他并没有过分慌张。有什么可以难倒老子的？老子什么奇难杂症没治过？过来将儿子左腿一按，儿子杀猪一样嚎叫起来，才知不是脱臼。他觉得情势严重，便打点行装上山，采回了驳骨消宽根藤四方草之类，一边给儿子汤洗，一边又用淡水结酸枝藤及落地生根，捣烂给儿子敷上，便以为万事大吉。

谁知儿子敷洗之后，叫痛不止，以致后来抱住左腿大喊："爸，我不愿要了，快给我锯掉它吧！"

"笨七，锯了腿还有何用？"他心里感到不妙，翻了六代传书，也找不到个好方。

听老婆一言，第二天便亲自送往县里医院。县医院治病可不同他，一挂号，二诊问，三拍片，四分析，几个白大褂一起交头接耳了一会儿，向他宣布："你儿子患的是骨瘤，赶快锯腿。"

"什么？"他大吃一惊，不幸被儿子言中了。可他不服，他治了半世的病，从来就没说要锯过腿的："不，不，不能锯……"

"还不什么？明摆的嘛，你来看！"医生指着一张黑白分明的底片给他看："这里不是？"

陈大也看到了，骨头里果然有个李子大小的圆圈。

"假如抓紧治疗，把下半截锯掉，还可以把命保住！"

真是无可奈何！陈大长叹一声，只好认了。

于是，儿子的半支左腿被锯掉了。好端端一个中学生，变成"A2乙级"残疾人。

儿子的痛苦免除了，儿子的生命保住了。可是，陈大的心痛得不行。没了半支腿，儿子今后怎么办哟？

他苦苦地想了三天三夜，最后毅然决定，儿子不上学了，"跟我学医，我就不信混不了这口饭。"

于是，他从号脉到用药，问望闻切，寸关尺，不厌其烦地手把手教儿子。

这宝贝儿子也真是个宝贝，平时蹦跳惯了，一下子闲静下来，简直受不了。他听说装上假肢照旧可以走路，甚至还可以参加比赛，那些藿香木香生地熟地香胡柴胡甘草女贞，一听到就像听经文，半个字也听不入耳。

陈大原打算，吃医这碗饭，他家传了第六代，他要儿子作为第七代传人，而且，他还想在三岔口开个医馆，可这宝贝，天生的不合适。

正在苦恼。对面日杂铺的张二刚从省里回来，扶着一个姑娘。他认出了，那是张二的小姑娘，正出落成一朵花，可下车时却少了一条整腿，从大腿臀部以下的一条整腿。

他询问了张二，张姑娘的残废为"A2甲级"，比他的宝贝儿子还高了一级。陈大似乎有点儿释然了。原来这世上患骨瘤的还不少，看人家张姑娘！对比之下，儿子还有半支腿，装个假肢还容易，张姑娘可就严重了。

好吧，不学就不学，由他算了。

陈大又超脱了，照样天天采药治病，逢请必喝了。

大伯进城

我大伯住山里,今年五十有六,还从没有出过县城。听他说最远的是坐手扶拖拉机到过一趟龙坛,却好像是去了西欧或北美,回来津津乐道了半年多。其实龙坛也是个乡镇,只不过离家乡有二十三公里之遥,家里人说是四铺六路罢了。

不独大伯,我们沈家,除了我远出工作之外,列祖列宗能到过省城的,也数不出第二个来。不过,不出远门,人也这么传了下来,从高祖到祖公,从祖父到父亲,又从大伯到大侄……

大侄我回家见过,今年十二,头圆圆的,挺可爱,一双圆眼总是滴溜溜地转。我敢预示,除非出现脑震荡,否则,大侄读书一定成器。可最近听说大伯打算让他回家放牛了。我想,我们沈族没有一个正牌大学生,大抵就与这老牛有缘分。

大侄已经上了三年级。可好,春节时留有我的一张名片,他竟会给我写了信,否则真的沦为牛童我还不知道呢。猜想,大侄在写信时,那双滴溜溜的眼睛一定是泪光闪闪的,否则,信纸怎么有些模糊?

得拯救这可爱的孩子!

然而他只是我的侄儿,毕竟还是大伯的儿子。

我给大伯发了封急信,言有急事,并寄回足够的路费,让大伯来一趟。

大伯自小是爱我的。他真的来了。从山里到省城，一行四百里，可好，有直达车，他只走一个小时的山路到了公路站，便上车直达了。

大伯带着旅途的疲乏到了车站，我去接时，首先便问："是什么事？"

"是我的毛病，你这一来，便觉得好了！"

"好便好，好便好！"

我带着大伯走在省府的大马路上，看到那平直的江南大道，大伯叹着说："这个晒场可真长啊！"我直笑得腰都弯了。看到一辆电车开过，大伯拼命尾追着大喊："不好，挂线了挂线了！"把一街人都喊得愣了。

第二天，大伯说不用我陪了，他要自己走走。其实，大伯不算老，才五十六，自己走更自由一点儿。叮嘱几句，交代一些注意事项，便由他去。

一直到了中午过后，还未见他回来吃饭，妻子及我都着急，便去找。我跑了公园，妻子跑了商场。最后来到大桥头，看到大伯在桥头蹲着。

"大伯，怎么不回去吃饭？"

他不答，只摇了摇头，仍在专注地看着往来穿梭的汽车，嘴里默默地数着，在地上用块红砖划了一地的数字。

啊，大伯在数车，数那川流不息的大车小车机动车！

看他那么专注，看来是叫不回去了，便只好给他买了袋糕点及一瓶饮料，由他去。

入夜，大伯才回来，眼里泛着激动的光芒！"阿侄，你说我今天见到多少汽车？是31342辆！"

想不到大伯进城，最感兴趣的是那往返穿梭的汽车，呵，是31342辆！平时我们只知道多，多到什么程度，不得而知，是大伯花费了一整天时间，才得出这么具体的数字！

第二天，大伯便嚷着要回去了。

"不多住几天？反正大侄又不读书？……"

"不，不，我还要回去放他上学。"大伯激动地说："城里呀……哎，山村……"

渡　口

三岔村对面是蚌埠,当然不是安徽省那个大蚌埠。三岔村与蚌埠仅一河之隔,那河发源于博白的虎头水库,到了这里叫水东河,也不知流淌了几世几代,河身是直了弯,弯了直,河水是涨了退,退了涨,虽不如长江黄河的浩大,倒也养育了一方人。

过河的交通工具便是渡船。

蚌埠那边较偏僻,上街入市得过河来,从三岔口上走,或骑车或乘车。每遇河水满涨,挺不方便,近来人们嚷嚷:得建座桥。

要建起桥梁,那这渡船便只好进博物馆了。

渡船是三岔村这边的,木头船也是换了坏,坏了换,也不知换过几只几趟,传了几世几代,这一代传到了德丰大叔。

这德丰也怪,把守一个小渡,无论过往什么人,总要收取五分钱,他可是认钱不认人的老头。

德丰已五十有六,还是孤身一人。他不是没有成家的机会,三十三岁那一年,有好心人给介绍了一个离了婚的女人,她上错了一次船,这次无论如何也要慎重行事了。相识这一天,她多了个心眼儿,早早来到渡口。

德丰刚从对河返来,早看见一个风采女人亭立河岸,直看得他把船头撞入乱草之中,才惊醒过来。

女人一言不发跳上了船,殊知船小体轻,女人往里一侧,一时失重,就要往水里倒，德丰忙伸出有力的大手把她扶住，一手挽住了女人的腰。女人站稳了，面红乎乎地向他投过了感激的一瞥。

开端是良好的。没想到这德丰规矩难改，船到江心，一篙立住，把女人吓了一惊：

"怎么？"

"先收钱！"

"靠边不行？"

"这是我的规矩！"

"多少？"

"五分！"

"那再撑我返去！"

"那得一角！"

突来的变化，女人头也不回地走了。事后德丰才知道是那么回事，在河里足足拗断了三根船篙。这事足足被人们作了二十多年的笑料。

这艄夫确实怪，那次发大水，已经没有了河。大水从三岔村一直漫到了蚌埠，滔滔滚滚的，在这种情况下，小船只能歇渡了。不想对河的一个县里干部，接到父亲病危通知，偏这时赶到，找到了德丰，求他无论如何也要渡过去。德丰心软，答应了，还找了阿狗牯作帮手，给了把木档，叫阿狗牯在船头扒拉。他一支竹篙在后面定方向，硬是冒着生命危险，把这干部送了过去。干部出于感激，递给他们每人十元钱，德丰也只收五分，多一分也不要。

听说对河要修桥了，面临失业，他不悲哀？

说不清，反正他现在是变本加厉了。四月水枯，人可以卷高裤腿过河。他却到虎岭拉来个力大无穷的外甥，一把沙耙，外甥在前面拉，舅在后面推，硬是把个河心掏出了一道齐胸深沟来，照收五分不误。

果然，测量队来了，水泥钢筋也运来了。这德丰却干了一件惊人的事：竟搬出他这些年的十二本存折，拱手交给了对河的蚌埠村长，然后驾着那一叶小舟，顺水而下，谁也不知道他到哪里去了。

番鬼五

番鬼五字不识一个，就只会偷。这家伙一头卷发，嘴唇上翻，生成的番鬼相。不知因为有了妻儿老小了，还是什么，近年来已经改恶从善了，人们对他的防范也放松了。以至于三岔口都以他来做榜样，教育鞭策那些不肖子弟。看，人家番鬼五都洗手了，你们还作恶？

番鬼五偷过多少东西，人们记不清。那时他才不过十三四岁，便开始了偷窃生涯。他长得粗笨，却有着时迁一样的手段。

那年时兴挂像章。一个外地姑娘别了一枚侧身头像，红底金面，放着熠熠光辉。可当她走过街口，只觉得右胸被人捏了一下，随即发现左乳峰上像章不翼而飞了。那是番鬼五干的。更神的是，一艘三桅木船驶进水东河，停了一夜。艄公水手们都在，第二天早上，硬是发现那十丈大桅上的葵花像牌失踪了，那也是番鬼五干的。

在村上，三婶失了母鸡，寻到番鬼五家，便见天井水涵洞里有了鸡毛。五婆丢了柚子，只要去番鬼五家，便会依稀见到那散着浓烈气味的柚皮。

不过有一条，番鬼五偷乡亲们的都是些吃的，并没有穿屋撬门，并没有翻谁的箱倒谁的柜，偷谁的金狗窃谁的银牛。

郑老师的成分较高，土改时给定了个富裕中农。三岔村并没有地主、富农。这个时候，富裕中农便成了地主，成了富农。破四旧，抄家，郑老师家是首当其冲。头次抄，人们都想在屋里发现金条银锭。挖地三尺，结果什么也没有找到。郑老师庆幸，他那柜里的书并没有动。

二次来抄，人们想搜出三八大盖或是左轮，把墙缝都掏了，也没得到什么。郑老师又庆幸，还未动到他的书。

番鬼五自然也杂在队里。郑老师一见到他，不由打个愣。

第三次，郑老师那一柜书是在劫难逃了。统统被搬上了大队部。郑老师悲痛得不行，临行时，还死死抱住那一大堆书。最后还是被人们粗野地夺走了。

番鬼五也看到了。

郑老师一生最当宝贝的就是那套上中下三册的《辞源》。他宁可家被挖，屋被毁，就是不愿意那书被缴。那是他的祖上留下来的，他十分明白，他郑家之所以成为三岔村唯一的书香之家，仗的就是这一套书。现在被抄了去。

第二天，人们召开大会，并且当众焚书。

可当人们把那堆书搬到火堆旁时却吃了一惊——大《辞源》不见了。

郑老师听说了，悲中有喜，也就是说，那套大书逃脱了火劫。可是谁偷了出来呢？

气候平静了。郑老师又回到了教坛，可登上讲台，他总觉得心里不踏实，似乎随时有个难题梗住，他才想起了，家中缺少了一位老老师——大《辞源》。就那一夜，窗口的煤油灯一闪，番鬼五进来了。

"阿五，你想怎么？"郑老师警觉地问。

"没，没，我还你一样东西！"

"什么？"

"看！"

郑老师万万没有想到，番鬼五递给他的是他思慕多年的大《辞源》。

郑老师蓦地说："阿五，你的手脚是不干净的，可你却干了一件天大的好事，你说，你要什么吧，我都可以给！"

"不，不，我什么都不要。"番鬼五想不到一套臭书会带来郑老师的极大激动。"我只想，将来我有了孩子，你给教教……"

华光四

来到三岔口经营的人，大都有一套生活本领，大都精明过人。只华光四没有。华光四已经四十有三。他经过商，但信息迟钝，又不会算数，有时卖一斤八两的蒜苗葱白，得口算加笔算，折腾老半天。

天生不是经商的料。农闲，他便到三岔口打打短工，捞个一元八角。

他不会经商，却在早年含辛茹苦养大了两个小弟。他爸不在了，他就是老大。母亲是老胃病，重工做不了，轻工随意做。两个小弟读小学，功课都不错。他也升了初中，但成绩挺勉强。"妈的，真是一母生子十二样。"每逢试卷发下，看到那红红的分数，他总这么自嘲。爸死了，他便不上学了。他接过父亲的犁耙锹担，接过父亲的黄泥黑土，接过父亲的家庭支柱。

劳动再忙，他不叫累。生活再贫，他不喊苦。即使学校放了农忙假，他也不让两个小弟到田里帮忙。他有他的道理："既然孔圣人安排你们是读书的，安排我挑担的，你们就放心去读，日后有个出头就是了，我华光四一百三十斤的重，放在田里正合适。

到了高考，他把小弟的学习条件安排得连城里人也不比不上。

高考前一天，他一定到河里去摸来螃蟹，说螃蟹手多会爬，小弟吃了，一定考上。

果然，小弟考上了，他把这归功于螃蟹。

连续两年两个小弟都考中了，都是中山大学。他的名声也在乡里大振了好一些日子。他不会做生意，就有这个能耐。

天老爷造物竟是如此的差别，小弟能上中山大学，大哥却连数也不会数！苦熬几年，两个弟弟都出来了，一个还安排到了北京，听说在皇城里工作咧。弟们自然不忘这位"长哥为父"，生活困难时，总是有求必应。

华光四迟迟讨不上老婆，主要是人家嫌他笨。一直侍奉老母，他也乐得清闲。两个弟弟每月给予的生活费，足以够他母子俩安乐过日子了，并且，两个弟弟在城里成家后，分别要他母子俩去一起住。他去过，但不久又回来了。他说他是天生的做工佬，离不开父亲留下的黄泥黑土。母亲见他不愿住，也回来了，她心里牵挂的是大儿子还未讨上老婆。

他们村是三岔口的主力，在众多饭店、小卖铺中，至少有一半是他们村的。日里需要帮手，农闲，男人们都上去了，华光四也去，一天两元，不烦不忧不用计数。

他到旺盛饭店。让他去收碗，他不合适，别人饮得兴起，见了他会反胃。端菜，更不行，竞争之中，当服务员的姑娘尚且嫌不够嫩，就挑水劈柴合适。他也乐意这种三锤两斧的营生。

码猜累了，音乐听腻了，人们就拿他开心。

"华光四，怎么不开个店，也弄个老板当当？"

"我不赚那昧心钱！我什么也不缺！"

"可你还缺老婆，不要钱？不要钱你连自行车也骑不上！"

"这有什么，你们买单车要多少钱？150元？200元？我吗？只用八分钱。这不？门前这辆新永久，就八分钱，便从北京买回来了！"

众人哄然大笑……

黄鳝头

黄鳝头十五岁时穿上了裤子。这一穿便再也脱不下了，比不得以往光裤了刁，哪里热闹哪里钻。

之所以叫"黄鳝头"，大概因他跑得快。整个三岔村里，无人不承认，黄鳝头又快又滑，做了坏事，你逮他不住。

黄鳝头小时不肯读书，勉强上过了一年学，便回来放牛了。放牛坡才是他的乐园。

他放的是两头黄牛。见到别人骑大水牛悠闲自在的，他也想骑，便把一头小黄牛拉到刚翻犁过的泥地里，叫牛伴三虾打顶住牛鼻头，飞身上去，骑在背上，双腿夹住牛肚，一手拉绳，一手紧紧捏住牛肩。他读过岳飞降龙马的小人书，只可惜那小黄牛没有长长的鬃毛，抓不着。大概摔过几跤，他也不放弃，桀骜不驯的黄牛硬是被他给驯服了，可以任他轻松地骑上，在大路上"打马游金街"了。

于是出则骑牛，入则骑牛。他还驯了另一头黄牛驮物，那对讨厌的粪箕便让另一头牛负担了。这在村里毁誉不一，有说他教坏了牛，拿着黄牛当马骑；有说这小子将来了不得。

黄鳝头更不受人欢迎的是嘴馋。一年四季，坡上有什么他吃什么。三四月黄瓜春，他的嘴里净是瓜味儿；五六月黄豆熟，他的兜子里便是煨黄豆；八九月甘蔗长肉，他便见天吹长管；十冬腊月便窖番薯。人们睁眼看着也没有什么办法，这事可苦了那个坡长。

坡长是一村人选出来看管坡上作物的。每年正月十五选一次，可以连选连任，这一届坡长是长腰四。他的责任是维护全村的一千二百亩坡田作物的安全，而黄鳝头则是头号敌人。可明明看见他在吃番薯，那个嘴还带黑，你一来，他便跑，嘴一抹，没证没赃，全身光溜，你逮他不住。一村人他不防，单防你一个坡长，还不好办？

当然坡长也不是好惹的，要不，他长腰四能连任七届？长腰四总有惩治他的办法。

那一天，长腰四大模大样去赶集，人们明明看着他骑车搭了两袋花生出发，不想到了村东的林子又折了回来，改了装，戴顶大眼笠，向西巡来。黄鳝头见坡长去赶集，便放心垒了个大窑，挖来一二十斤粉番薯，正烧得起劲儿，见个大眼笠走来，不在意。不想这大眼笠出手快，一下子把他逮住了。黄鳝头这才吃了一惊，乖乖地接受了坡长的惩罚：着了狠狠的三牛鞭，并把番薯全部送还失主，还要赔给失主一担牛粪。

人人以为他这会改了。却不，蔗长了肉，他又馋了。只是，这年他穿上了裤子，在村人中已长成了大人一般了。

那天他在河边放牛。看着齐人高的甘蔗，不觉口水流了，便折了一根，为安全起见，他跳入了河里，一边洗澡，一边吃，河水不深，只浸到胸脯。果然，一会儿坡长出现在岸边，用棍指他骂，他还在笑，咬了一大口，便把剩下的埋入水里，一时又没了赃证。

坡长发现了他藏在蔗兜里的裤子，用棍子挑起，像扛了一面旗，头也不回地去了。

这下完了，黄鳝头困在水里，半天上不来，几次爬到岸边看了看，又缩进了水里。

入秋的水毕竟有几分凉，泡久了，自然打颤。

这时，长腰四才从那边优哉游哉地回来："怎么，不跑了？"

"四叔，放我吧，以后再不敢了！"

"你的话有几次作数？"

"再犯，不得好死！"

"怎么个死法？"

"被炸死！"

那一年，黄鳝头交了黄牛，报名参了军。听说上前线，果然十分勇敢。入伍三年立了两次功，最后在一次战斗中，为了打开敌人的封锁，只身踏了地雷。虽然部队首长亲自来村慰问，并把一块英雄大牌子挂在他家，可老坡长长腰四觉得特别地难受。

唉！都怪我不是人。不就是一根甘蔗么？我为什么要逼着他发那个誓？

寄 生

　　王村长没有过去那么抖了。家门前的龙眼树，今年才结几斤果，且又苦又涩，全没龙眼的味儿。妈的，该是我下台了？龙眼果是这种味儿的么？

　　谁都知道，王村长家门前的龙眼是地方一宝，有道是东山荔枝永安黄皮，三岔龙眼小董的柿。往时秋成，谁不想一尝这清甜龙眼为快！那龙眼不但核小皮薄，更令人垂涎的是味美，尝一颗叫你三春难忘。据说那龙眼初时也平常，是王村长的父亲在树根下埋过一头死牛，果味儿便甜了。

　　现在，那树望去倒是一树的绿。那绿色，蔓延了枝，蔓延了桠，也爬满了树身，把一棵泥黄色的树杆变成了绿茵茵的了，那绿要是枝叶倒好，可它偏偏是寄生，扒在树上，吸树的水，吸树的血。

　　王村长也深知龙眼变味儿的症结，恨不得把这些寄生扯下来。十二岁的儿子放学回来，叫他爬上去。肥头大耳的小子，来到树根抬起头便发了怵。他也想自己动手，想当年自己爬树赛过小猴，村上的哪株荔枝芒果蟠桃不是他马猴王先尝？

　　口水往双掌上抹，抱抱树身，只感力不从心，而且，那寄生爬得并不严实，弄不好，往下一滑……他不敢想了，虽然村长落了选，命根子倒还有用，留得青山在，还怕没柴烧？

　　于是放声出去，谁能扯下这一树寄生，奖赏60元！

村上的人虽也缺钱，但一连三天都无人去领这个赏，不知是不是村上就没一人能爬那树。倒是第四天才来了一个后生，也姓王，是镇上的王仔。王仔到了龙眼树下，索索落落几个抓爬便上了去，那动作，令人目呆，简直胜过当年的马骝王王村长偷蟠桃。

这王仔先从树枝剥到树桠，再剥树身，不大工夫，地下落了蓬松的一大堆。树身不绿了，变黄了，这才是它的应有原色。

王仔剥完，往寄生堆上只一跳，轻巧地落了下来。

他并不去领赏，而从口袋掏出尼龙绳，把凌乱的寄生捆成两捆，就要挑走。王村长见状，急忙赶上前，一把拉住："慢着！"

"怎么？我又不要你的赏钱……"

"那赏钱算什么？这才是宝贝！"

"宝贝你不留在树上？"

"你是城里回春堂的王医生的小子，你道我不知？龙眼寄生可是治胃病良药，你得了它，不是发财了？"

"那你说该怎么办？"

"先过秤，五角钱一斤！"

老 爹

三岔口南行七里便是山口。山口是广西通往广东的门户。

老爹已经有一年多没赶街了,今天突然想要去山口,也不是想要买点儿什么,用他的话说,是去昭昭人眼,免得朋友们都误认他不在人世了。街,无事不要多去,但时间长了,也不可不去。人老了,唯一的广告便是自己。

老爹是个走路也怕踩死蚂蚁的人,一向与世无争,一生处处谨慎:坐,不在当众;站,不在显眼;走,一定尽量往路边靠;说话,更是拣那最不伤人的说。

可是,上街路上,老爹还是被车撞了。骑车的是个年轻小伙,从老爹后边来。听到车声,老爹便向边上闪,已经闪到了行人道边上,小嘉陵还是把他撞倒了。

老爹重重地跌倒。路人不平,一个跃去,抓住肇事小伙,一个帮扣住小摩托并拔了钥匙,同声撺掇老爹索赔:

"老人家,撞得不轻哟,要他领你上医院!"

"老人家,要不,至少要他赔50元汤药费!"

肇事小伙惶恐起来了。

老爹挣扎着爬起来,勉强站住,腰骨弯闪到了一边,分明疼痛难忍。肇事小伙乖乖地听他发落。

"放了他吧，我还行。"

小伙一惊，以为听错了。

大伙也一惊："这老爹怎么了？"

"咳，我家那小淘气，今天也去县里买电单车哪！"

六指的外婆

六指的外婆，在三岔口也算个少不得的人物，别看她老得背都驼了，她可有一手绝技：艾灸。

中医艾灸，据说自三国华佗时就有了，一直延续至今，哪朝不用又哪代不使？足见它是一种行之有效的治疗方法。在三岔口，虽有中医郎中陈大，可急难杂病，这六指的外婆，却是极有用处的。六指的外婆，灸人大半生，自然一直在把这门古老的中医手段发扬光大。不是么？谁谁老婆的走马风，是她用五壮艾火烧好的；谁谁父亲的瓜棚疮，是她用七壮艾火烧断的；谁谁发绞肠痧，是她的十三壮艾火烧好的；谁谁半夜里中了甲阴风，也是她的十三壮艾火才把命捡回来的。六指的外婆用一撮艾火，为自己树起了众多的口碑。

六指的外婆自然有她的一套理论。新近除了灸艾火，还常常用起中药来了。行医数十年，她的理论已经确立：世上的食物及药物千百种，无非是热性与凉性两大类，而百病皆因热引起。这理论再演绎便为：凡有病，服吃凉性药物即可！这不？她的药园里就只栽沙姜穿心莲车前草田基黄鹅不食……

这也难怪，凡灸过艾火，都不免带有热气，这不假，灸后适当用些凉性药物，自然不错。

平时，她要有点儿不适，就到院子里扯回一把穿心莲煎水，苦得穿喉透胆,她却吃得津津有味。你说她何苦着,她还教训你咧!

"世上哪来那么多癌症,就怪这些人平时只食热的,什么炸油条炒花生烤肉串,吃时是香,可那不是害人的么?爽口贪多终作病,快心事过恐生殃嘛。我这么老了,也没见癌啊?"

随着年岁的增长,疾病似乎也多了起来,可喜公家有了制药厂,把穿心莲制成了药片,外加一层糖皮,吃起来既省事又不苦。稍不舒服,瓶里倒几片穿心莲。开初也确实不错,难怪这穿心莲又名"一见喜"?

不过这东西吃多了,便觉不顶事,以至后来有一次最多的量服到18片。

到别人家行灸,人家自然要买些东西招待。少不了糖果饼干,她是不吃的,有时留饭,主人会去买只烤鸭或买串叉烧,她也不吃。她认为那些炒烤炸焗的东西都燥热,吃下去一定不妥,与其吃下对身体不利,不如根本就不吃!

有道是不吃狗肉不知天下味。可狗肉却是天下最燥热的食物,她是断断不吃的。

六指的外婆终于病倒了,穿心莲吃到了二十片,也起不了床:"六指,是不是这药假了?"

"不,外婆,你这是热过头了,光吃一样还不行,还得配合一种东西才好哪!"

"什么东西?"

"鹿角汤!"

"唔,不错,鹿角也是凉的!"她想不到外甥也有长进了。

六指找到狗肉铺,要狗屠郑三为他熬了一碗狗汁,再加三个当归大补丸,形同穿心莲一样,给外婆服下去。

外婆精神了,一骨碌坐了起来。

"六指,你真行!"

轮 回

阿六的烧鸭，在三岔口独占鳌头，但已经整整五年没见到了。

近日，一个剃了光头的中年人在三岔口优哉游哉，他就是当年的烤鸭阿六。五年的铁窗生活，把他炼得头光了，皮粗了，眼滞了，沉黑了。

回到三岔口，他感到这里陌生了。他分明认出，修车勾六栽的海麻木浓荫如盖，他栽的苦楝树也有一抱粗了。然而，这里已杂了各式人等，有讲黎话的，有柳州音的，还有客家话的，还有一些根本就辨不出是哪方语言。

他是回来了。他还没有想到干什么，有人劝他，做你的老行当烤你的鸭吧。

他说什么都可以干，就是不烤鸭了，这生这世就再不烤鸭了。

他烤的鸭最抢手。当年也曾有过五六摊烤鸭，但同买一样的鸭，同一天烤的鸭，甚至于同一笼的鸭，别人烤出来干巴巴，他烤出的肥嘟嘟。几摊鸭一同摆出来，人家就先买他的，只有他的卖完了，别人的才可以开张。

怪了，同行们总琢磨不透他有什么法术。那个刘三还不止一次偷偷上门去侦察。割血、湿水、拔毛、上松香，一切他都在天井里进行，同人家并没有二样，可上完松香，他便拿回屋里，把门闩上，等到鸭烤出来了，就自然而然地比别人的肥了圆了。

刘三看出了这个门道，可就是看不透他的秘窍，于是只有悻悻然。

天有不测风云。那一天他照样这样做，这样卖。当晚却死了人，吃他的烧鸭死的，是他爸那一代的一个小仇人。于是，他跳进黄河也洗不清。于是吃了官司，而且一判五年。他只有心里叫屈。他天天这样烤天天这样卖，这天又没有加进什么特殊的料。讲不清，就只好认了命。

他改学编织。别人织出的猪笼鸡笼很抢手，可他买三条竹也编不成只猪笼，卖出去连竹本也捞不回。

他又去学做家具。他把那棵自栽的苦楝树砍了，开了板打立柜。可是，他尺码不熟，结果把木料打短了，只好用做饭桌凳头。

他又接做了几样，结果都没有一件成功。

他到菜行转了一趟，看见别人的烤鸭还是老样子，皱巴皱巴的。

他苦涩地笑。第二天，那棵砍了的苦楝树桩上，又出现了阿六的烤鸭，和五年前一样，又肥又圆，是人们忘了他的烤鸭曾死过人？或者是人们明白那死人与烤鸭无关？或者是阿六的烤鸭确实比别人的好？反正，阿六的烤鸭还同五年前一样抢手。

庆甫三与郁林汉

毕竟是农村小镇，雀巢咖啡、速溶牛奶、可可饮料等这些玩意儿，在三岔口尚未时兴，也未有饮早茶的习惯，不过，这里的夜生活倒也渐渐地丰富起来。先是王三家煮了一锅银耳薯丝，继而就有了玉米糖水、沙谷米、薏米绿豆的出现。作为农耕人，他们都兴实惠的，煮一碗面或炒一碟粉，既香甜可口，又能填饱肚皮，回去好做活。

庆甫三的牛腩粉是出了名的。他的祖上是牛屠，有一套特有的制腩方法。一锅牛腩熬出来，从东可香达湛江，从北可喷到玉林。别人也学着做牛腩，可只要他庆甫三未卖完，你就别想开张。不是他不让卖，而是根本没人去买。三岔口就这一条欺人：竞争无情，适者生存。三年前，这里有个卖猪脚粉的，不幸而被他的牛腩粉取代了。

庆甫三四十挂零，腰长腿短，瘦瘦的脊梁微微往前倾，生就的一副生意人相。他有两女一男，一个读了师范，两个还读中小学。一切开销就靠这锅香飘两省三县的牛腩粉。

可是最近，他的独门生意也受到了冲击。什么时候起，在玉林的那一"撇"上，出现了一个馄饨摊。说是摊，其实就只有一个平放的木柜，约比办公桌宽长了一点点，那木柜下边安了四个木轮，上设一支铁皮烟管，一直伸到了人头以上，再向左边折个弯弯。摊主是个铜脸男汉，约莫三十五六岁。

他是悄悄地来，并没燃放鞭炮，也不布告公示，长短就一个活动木柜，外加三张粥钵盖大的小圆桌，占地也不过十平方罢了。

第一个夜晚，他的生意极清淡。

第二个夜晚，他的圆桌边还是少人光顾。

生意萧条，也就引不起三岔老板的注意。反正现在弃农经商的，撒泡尿也能淹了几个，反正这地方，四面八方三教九流汇集，谁又理会得了谁是新来，谁是旧到？

第三天傍晚，铜脸汉不甘寂寞了。他用支排笔在木柜正面写上"玉林云吞"四个大字，局面便有了转机。不少人都曾听过传闻"梧州纸鸡桂林粉，玉林馄饨百色狗"，可到底有名到什么样？谁也没有吃过。走来看看，看见铜脸汉一边用只筷子蘸着肉末，往面皮上一卷，往汤里一抛，便觉着好笑，谁包饺子这么吝啬的？于是又都没有吃的意思。

铜脸汉当即宣布："各位兄长，今晚我请了，一人一碗，分文不收！"

哗！有这么好的交易，何乐不为！公民们便都围了过来。

先得的，呷了一口汤，再舀只馄饨放进嘴里，感到了肉味儿却又找不到肉，又滑又甜，从舌头顺到喉咙，又香进肠胃，待一碗入了肚，才深感那可口的奥妙。

这一夜，铜脸汉白赔了103碗。

庆甫三听说了，鼻子嗤了嗤："真是个笨×，有这样做生意的么？"

可第二天夜里，境况便有了不同。天才刹黑，华灯初上，夜猫子们便来到了木柜摊子前。铜脸汉招呼不过来，临时找了两个后生帮手，答应每人给五元钱。

庆甫三的生意第一次淡了下来，独占三岔口多年的牛腩粉竟然无人问津了。他这时才留意起那一"撇"上的铜脸汉来。他庆甫三从来就只有争胜的历史，而没有被人冷落的习惯。

生意清淡，庆甫三便从那一"横"踱到这一"撇"来。不知什么时候，他还弄了个红袖章，也分不清上面印的是红卫兵还是市管会，反正他套上了左臂，套上了，也就有点儿煞有介事的：

"喂，哪儿来的？"

"玉林。"

"卫生合格吗？"

"请看。"

铜脸汉递过一本陌生许可证。庆甫三又从别处寻岔：

"摊贩证呢？"

"……"

"没有吧，既然是玉林佬，怎么来这里了？"

"阿叔，这不是玉林县吗？"

"不，这是玉林岔口，不是玉林的土地。"

"……"

"显什么×威风，我们要吃馄饨。"

"庆甫佬，放下那红卫兵架势，别装老虎吓×人。"

"我们吃你的牛×粉，早都吃腻了……"

这一夜，铜脸汉足足销了200碗的馄饨，而庆甫三才卖了三碗牛腩粉。

庆甫三心里不服，他还要使出自己的绝招，不过，于近期便只得歇摊了。

·090·

五婆的鸟巢

五婆的后园有棵细叶榕,足有两座房子高。树上安了个雀窝,全是枯枝垒成。那窝是喜鹊垒的,可喜鹊一年只七月七才回来繁衍,于是斑鸠便来住现成的。好在斑鸠的最后一窝仔正好又在七月七以前离窝,于是鹊巢鸠占,也两不误。

先时,这个雀巢挺热闹,特别小雀出世之后,每天"喳喳"的叫食声不绝于耳,五婆听来并不心烦。相反,要一时没听到那小雀的叫食声,她还心不踏实,总要放下手中的活儿,跑到树下去张望,直到那窝里有了动静,才心安理得地回来,或烧火,或喂猪,或挑水,劲头足,步子轻。

五婆说,那雀是护人的,护旺不护衰。

的确,那些年,斑鸠喜鹊年年来,一窝窝的小雀在那巢里孵出、长大、飞走,五婆家里也人丁兴旺。五婆的二儿子还在省里一个研究所当工程师。

可是,五婆那个淘气的头孙康仔,在那年中秋,偷偷爬上树去,把一窝小喜鹊掏了下来,用黄泥浆裹着,捡枯枝烧火煨了。五婆闻知,走到火旁,一边喊"罪过",一边流涕不止。

"你这个折堕仔,真够折堕了,那小雀犯着你什么了?"特别看到那两只喜鹊扑棱着翅膀在树上转呱,她心更难受。

小喜鹊被掏后,五婆便失去了往时的踏实,心里总忧愁,总感到似乎家里就要出事。五婆还偷偷到圣真庙烧了三回香，求大王公保佑家道平安。

不幸的事终于还是发生了。那一天晚上，省城里的儿子被剃了个光头遣送回来。五婆一见，母子俩抱头痛哭了一场。母亲说："都是康仔不好，把喜鹊窝给掏了，才有今日。"儿子却安慰母亲说，他是回来接受再教育的，过去难见母亲一面，现在可好了，能朝夕相处了。怎么好责怪侄子康仔？

话虽这么说，可五婆就是对康仔耿耿于怀。

更糟的是，队里开什么批判会，那帮吃了豹子胆的后生，竟然爬上榕树，把那个大雀窝扒了下来当柴烧，足有一大捆，火焰烧得冲天高。

又是春暖花开，当是斑鸠孵头窝仔的时节了。可是，那对斑鸠在树上转悠了一会儿，便一去不回头了。五婆的心觉得惨然。

七月七过去了，喜鹊给牛郎织女搭完了桥，也回到了大地。那对喜鹊也转悠了一会儿，终于又是一去不返了。五婆的心酸透了。

她看儿子虽然同她朝夕相处，可眉头总皱皱的，知道儿子心里不好受，可她没有办法。

五婆无事总要在榕树下等待。她要等待那逝去了的斑鸠，她要等待那久违了的喜鹊。

康仔从学校里回来。袖上套了个红箍箍："阿婆，你看，我入了！"

"谁稀罕！"

"阿婆，你还生我的气？"

"喜鹊不回一天，我都不认你这个畜生，是你害苦了二叔！"

"阿婆，话不能这么说，你知道么，二叔在城里是反动权威！"

"反你个蛋！我的儿子我心里还没数！再说我撕你嘴丫！"

"好，我不说，我不说了！明天，把它们给你请回来还不行？"

"什么！你能请回来？"

"我上去给它们垒个窝。"

康仔说到做到，在林子里折了把枯枝，爬上那棵细叶榕，半天工夫便把雀窝给垒好了。

冬天过去了。花开风暖了。又到了斑鸠孵仔时节。五婆便天天在等待那对斑鸠回来,可是,一天,两天,三天,连个影子也不见,怕是它们早忘了。

虽然,五婆的儿子已经回了省城,可她还是忧心忡忡的。

为何总不见我的斑鸠回来呢?

小 娟

海麻树的树荫像一把特大的伞,给三岔口撑出了一方阴凉。海麻树是跛佬勾六所栽。十年前他就在这里卖凉茶。现时就兴了汽水饮料,他便改行修单车,树荫阔大,他不愿让人,便叫上外甥女小娟来开个补鞋摊,甥舅二人生意倒也不错。

勾六的生意确实不错。

可小娟今天不知怎么了,一边做着活儿,一边老是往那个百货批发部瞅,她补了三只鞋,又给五位顾客上了油,还没见那个人露面。

小娟今天有意地同舅父拉开了距离。平时,她的鞋摊总挨着勾六的车摊。工松时,舅甥二人还可以聊聊天,可当勾六昨天给那个人开了发票,她就恨起了那个人,并且连舅父勾六也搭了上去。

那个人叫尤哥,二十七八岁,批发部采购员。在这新兴小集上,尤哥那铁饭碗显得熠熠生辉。他有架漂亮的自行车,凤凰牌,公家配的,常骑上它在三岔口,兜一兜风。他也有一双猪皮鞋,三接头式,每天总要来这里让小娟上一次油。每上一趟得五角钱。他每上一次都叫她先记住,等到了十次一起付钱。因为是老顾客,她也就没说的。

那天他去了深圳,半个月还不到,小娟觉得像隔了世。她不敢有什么奢想,只是他在三岔口时,天天光顾鞋摊,并把不少她接触不到的消息及故事传达给她。比如,哪里的鞋匠遍布中国;什么时候中国足球队又输了;哪个县哪个乡哪个姑娘翻地翻出特大金刚石价值几万几亿元,交给了国家；哪里有人养虫成了万元户……她是个跛子，这些全是从他的口里得知。她的腿有问题，可她有一张姣好的脸，她自己知道。她也知道这个尤哥对她有好感，不是吗？每次到来，他总要在她的脸蛋子上看上三分钟。

尤哥从深圳回来，给了她一个电子表，还配有一条金灿灿的链子，可以戴到脖子上。

尤哥不在时，她便常常低头看胸前的链子表，为了这，她还买了件低领口衫。她爱看那金灿灿的链子，她爱看那跳动着的时间。虽然还没几天，那链便不金了，变淡了，变白了，她还是珍惜它。

由它而想到了他。

她起初认为这东西挺贵。既然尤哥送了我，那以后就尽管来上油，不收你钱算了。可尤哥说，那不行，电子表不过五元钱。她便说，那就一个月不收你的钱算了。

尤哥说不好，反正我是公家人，有报销。

昨天，尤哥推着那辆"凤凰"给勾六修理，说是链条被卡住了。

然后又到这边来上油。

"小娟，我有十次了吧？"

"你说呢？"

"好，今天跟修车钱一起交。"

尤哥穿着油亮的皮鞋，骑上油亮的单车走后，勾六舅父拿着五块钱一磨一磨地走过来：

"小娟，你的五块。"

她哦了一声，对钱并不怎么感兴趣。她又在看她的链子表。

"不要？"勾六说："那就归我咯，是我开的票！"

"什么？你给他开了发票？"

"这有什么，公家的人，修车与修鞋有什么区别？"

"不！"她吃了一惊，便从舅父手里夺过五元钱，并解下了链子表，一下子掷入那鞋箱里去。

好你个尤哥，你慷慨，却原来是揩公家的油！等你来了，我不当面掷还你就不是小娟——她在心里愤怒地喊。

药　渣

　　什么都可以没有，就怕没有钱。什么都可以有，就怕有病！
　　周伯福是这么说的。
　　这周伯福，在三岔口，也算是个人物。年轻时，凭着一个木偶白班，二十七个木头公仔，闯荡江湖，吃过山珍海味，唱过古往今来，一年到头，从海胆北界到山心陂陀，哪里的肥鸡没尝过，哪里的香鸭没试过？可到头来，落下了一身的病，喉腔里不时地哼哼，常常同鸽子一样——咕噜噜咕噜噜。夜里还不能放平睡觉，终夜用个谷箩垫上烂棉胎仆着，像个蛤蟆趴在大石上一样。
　　腰长气短，动辄一身大汗，说话断续触气，这就是今日的周伯福。当年大喝一声"长板桥断折，檀溪水倒流"的周伯福哪里去了？传闻中有一次演到柴江谏君"我把你这个昏君啊"，竟把三千欲睡的观众颠个直立，把三个心脏病患者送入医院，那血气方刚的雄风何在了？
　　为了活命，周伯福只好靠中药来维持。中医说他是老抽虾（哮喘），西医却说是支气管炎，都一回事。但他宁认是老抽虾，麻黄柴胡汤喝过不少，就没见轻。是他那五十六岁的妹子从山冲里来，见了老哥的模样，心里酸酸地：
　　"哥，你都服过什么药？"
　　"中药，麻黄柴胡……"艰难地一指墙角的大箩筐。

妹子走近一看，一大箩筐的药渣放着霉味儿：

"你呀，都这么老了也不懂？药渣怎好藏着？快把它扔到大路上，让千人踩万人踏，你不知道，别人一踏上，病就跟去了！"

妹子不由分说，拿起箩筐，走到门前，把药渣撒向路中间。

三岔口本是个热闹的地方，可这时正是傍午，却少行人。妹子等了许久，不见有人来踏过，便失去了耐性，走了。

倒是周伯福有闲心，搬了张凳子，坐到门前，眼睁睁地看那地上的药渣，心里想：但愿有人这么做好吧。

可细而一想，这不叫病好，是把病转移给别人，我好了，别人不是病了？

这时，前村的能四正好走来。这能四倒是个力大无穷的壮汉，论干活儿，村上无人可敌，他一担可挑二百四，一自行车可搭两只大油缸，可这几年却变成了最无能之辈，除了出力，别的经营什么都不会，一家子穷得臭腥。这样的人染上病，岂不是全家人都遭殃。

大汗淋漓的周伯福忙抄起扫把，霸到路上，速速扫那黑色的渣片，待能四过了，便再撒开。

半天，来了个妇人，约三十五六岁，金耳环金项链闪光光的，他认出了，这正是城是城大药房那个爱骂人的泼妇，好，你来踏吧，你家有的是钱！再说，这种人也该惩罚一下了。

周伯福的心释然了。

猪经理

　　小的时候，还未兴起塑料凉鞋。他见别人穿那"水陆空"，心想，我也应该有一双。于是，他有了，确实高兴了一阵子。阿婆说，他爸从小就有鞋穿了。

　　长成了彪形青年。村上人结婚，请他去当车夫。他去了。他的自行车技术是三岔村里第一。他可以单手上车，可以俯身拾币，可以前后搭货，三四百斤的东西压在两头不在话下。要有闲心，禾场人都在时，他还要几样花样，倒骑，直立，钻三脚架……于是，全三岔口公认，他的车技是无与伦比的。

　　自然，新娘非他不搭了。

　　这里有个习惯，新娘出嫁这一天，脚不能着地，哪怕是爬山过沟，也坐着不动。

　　他驮着新娘，轻飘飘的，就像二两棉花。没出几里，便把迎亲队伍远远地甩在了后边。

　　一道小沟，宽不到两丈，也不深。不过得下车。新娘没下。推着下沟倒好办，推上沟就得费点儿气力了。加上那是沙坝，一推一扭，新娘身一侧，就要掉下，他慌忙一手扶住。不巧这一伸手，揽中了新娘的腰胯，只觉得软柔柔的，手感挺好。他的心狂狂地跳：也应该有个老婆了。他这年是二十三，阿婆说，他爸第一次娶亲也是二十三岁。

桃花运来了。当新娘脸红红地坐着车重又上路时，大队人马也到了。新娘指着第七车的姑娘给他看，那姑娘脸圆圆，眼也圆圆，似乎总在笑。平心而论，那姑娘长得比新娘胜三分。

新娘说为了做伴，便把圆脸姑娘介绍给了他。于是，他又有了中意的老婆。家成了，可业却立不起来。还住那三间旧房，是父亲留下来的。父亲能建房，他也想建，可囊中缺钱。

三岔口挣钱办法有一百种。他看到别人开饭店大把大把进票子，心里也馋，便想，我也应该有一笔钱了。不过他要干别人没干的。

这地方猪苗奇缺，他便筹了一笔钱，上陆川去贩。头一车运归，净赚个三千六，马不停蹄，他又赶了去。人逢走运，想什么成什么，不出一年，他暴发了，自封为猪经理，正好，他也姓朱。

三间旧房扫平了，代之而起的是一幢小楼，三层，带个小花园。不过，花园是用来圈猪，白的、黑的、本地的、外地的小猪满圈里跑。

在家业上，他大大地超过了那早已死去了的父亲。

村边的桥崩了，没人理，他理了。抖出一万三千六百元，还在桥头竖了个碑，特书："朱氏大桥建于1987年5月"。他觉得，他并没辱没祖宗。

当县报记者采访他时，他说："我什么都超过了老豆（父亲），就一样比不上！"

"你还有什么比不上？"

"我老豆娶了两个老婆，我却不能！"

状元之家

豆腐挑子的第三个儿子，今年也考上了大学，而且上的是复旦，在三岔口引起哗然。

豆腐挑子前两个儿子，一个读广西大学，第二个读中山大学，看着一个要比一个高，这可谓状元之家了。

豆腐挑子仅仅能认识自己的名字，每天就只知道挑上一担豆腐走街串巷，一路"豆腐哦——豆腐哦"地叫，回来便是低头磨浆做豆腐，打理几头猪，从来没有正眼看过那些大学生儿子们的学习。有时工夫紧了，还吆喝阿大阿二阿三来帮一把。

可这样的家庭，连年出了三个大学生，谁听了不哗然？

豆腐挑子的名声传开了，豆腐挑子的开支也增大了。开头只支撑一个儿子念大学，现在要负责三个大学生的费用，只好加大他们的豆腐规模。豆腐挑子的豆腐也比以前好卖了。

省教育报有记者来访。他以为豆腐挑子一定有良好的家教，或者豆腐挑子具有超人的智商，遗传基因在起作用。记者是不相信风水之说的。谁知一见豆腐挑子，什么也不是，高瘦的汉子只有一副硬身板，那是长期以来挑豆腐担挑出来的。他那老婆，最突出的便是罩不住的两只门牙，老远老远便能看见。

记者入屋，唯一见有价值的发现，要算柜台上的一部大书——《辞海》了。

于是采访便从这《辞海》入手。

"我也不知道,听我父亲说,这书是我祖父的。"

"听说是民国三十四年,我们这里大旱,禾旱死了,全年颗粒无收。幸好祖父种了五亩多红薯。红薯坡靠河,每天挑水浇灌,竟成了稀罕,全乡闹饥荒,只有我祖父守着一片红薯发了财。"

"人们饿得紧,不时地拿了东西来兑换,一床棉被换三十斤红薯,一只砂锅换八斤,甚至有用牛来换的。"

"这天来了个戴眼镜的高个子,抱一个包袱来找我祖父。打开看,却是一部大书,就是这本。高个子恳求我祖父兑给他二十斤红薯。"

"祖父为难了,兑吧,家里没人识字,要来何用?不兑吧,眼看那高个子一脸菜色也实在可怜。祖父不忍心,便答应给他十斤红薯。高个子提起红薯,走了几步,又回头来摩挲那厚厚的大书,大有与孩子诀别的样子。"

"我祖父不忍,便叫他拿回去,他怕祖父反悔,猛地扭头走了。"

"祖父得了一本无用的书。翻见里边有个红印章,心想暂且保管着。饥荒过了,祖父便根据印章去找这个高个子,想将书还他。一问,村里人说是有这么个教书先生,只是在民国三十四年饿死了。"

"这书便成了我家的宝贝。可我父亲没用上它,我也用不上,直到孩子们读了书,有了难题来问我,我便叫他们翻这书……"

省报记者问:"就这些?"

豆腐挑子说:"就这些。"

宗 族

我们家族，每一代都有一位熟谙家谱的能人：祖辈是晚公，父辈是三叔，本辈是大哥。

晚公在我还未出世前便去世了。三叔我倒知道。每年清明扫墓，总由三叔带队，整个公头（同一个祖公堂）的人，即使早早装好了担子，也还得等到三叔起行才能出发。

扫墓的线路，常常是从水井头开始，到大王公，到山口岭，筋竹山，经陂头到高岭，返回园田尾，社坛角终止。一路得扫二十多个墓。每到一个墓地，放下担子，一边铲土除草，三叔便要告诉大家：这是某某世祖。年年如此。

等到第二年，三叔先不急着讲，有意考考大家："这是什么祖？几世？"

直把大家问得面面相觑。

其实，大家年年扫墓，也只是为了赶个热闹罢了。至于挑来的饭食，晾了一下，又是吃，吃不完再挑家去，谁又有心去记是谁？是第几代祖？都埋土里，也见不着了。

"这是有廷祖，第十四代！"正好由迟来的大哥答了出来。

"对咯对咯，还是阿大有心！"大哥深得三叔的赞许。"你们都要记啊，万一我来不了啦，你们挑饭给谁吃都不知道，对得起列祖列宗么？"

话说准了。果然第二年，三叔也上了山，在坐等我们给他送饭团了。

这讲解的任务自然落到了大哥的身上。

大哥的确不负三叔所望，他不但完成得挺出色，而且更有比三叔生动的地方。我知道，那是因为大哥读过几个月的私塾，看懂家里那本线装的《沈氏家乘》。

大哥不但能把每一座墓主姓名辈分道出，还能讲述其配偶子孙情况，有的还加上传奇故事。比方说二世祖沈应隆，居然还是明朝永乐壬戌子科举人乙未科进士，还出任陕西监察巡按御史大夫。因在任破过无头公案，而被陇人称之为神官。三世祖沈联友曾为明朝教谕，四世祖沈环也是县丞。十七世祖宗良从武，具有超人武功，曾称霸一方。我们为二十世，却有点儿不屑，怎么从御史老爷而下，竟是一代不如一代了。

年年清明扫墓，大哥年年讲。年年讲，也年年过，也没有谁记得住。毕竟太生疏了嘛，一年才见识一次，且没见到其人，只一堆黄土，那一大串的名单，兄弟叔侄们，不是把七世祖误为八世祖，便是将祖公误为祖婆。好在他们都没有听见，或者听见了也不责怪。

以致后来，大哥已经深深埋进了族谱中去，除了每年扫墓时宣讲，平时也对着族人照本宣科。一本家乘，洋洋万言，大哥可以倒背如流，常在大榕树根下念那"家乘之设由来久矣所以载先世之事实后代之邅嬗我沈氏姬姓之后已历千百余年无可稽考惟吴兴郡名则于晋时沈约八咏高风至今瞻仰其总祠在浙江西湖郡之竹墩村……"从始祖背到当代本代，还能顺序正出沈族的辈字"福昌宗德，维祖之纲，无锡尔后，永世经邦"的十六字排谱。

更令人信服的是，大哥可以轻而易举地指出哪里的沈家人属于第几代的分支。比方博白县三里村沈姓人便是八世祖沈仁所出；合浦之石康村为三世祖沈善友所出；白沙之东屯沈家为五世祖沈大纶所出。这么一来，别看现在流落在广西的沈家人有好几万，追渊溯源，都是一家人，正所谓五百年前同一家，甚至就出自一人——浙江迁来的始祖沈潇进。

有道是同姓一家，一笔真的写不出两个沈字。至少大哥是这么认为。可那年我们村里学校成了危房，村长集资不足，想到了博白之三里及合浦

· 103 ·

石康的族亲，亲自带上我大哥前去募捐，我大哥十分清楚地向他们道出了前几代同宗之亲，并出示家谱为凭，口水讲掉了半桶，到后来都是瞎子点灯白费蜡："现在啊，我们自己也顾不了，哪有闲钱捐你们？我们也想盖呢，人多到教室快要涨破了。"

也是的，十二代前，他们的祖先也才一条汉子，现在呢？少说也近一万！

我大哥除了熟谙家谱，能追根溯源，其余别无生财之道。去年大嫂染病，要送大医院，苦于没钱，大哥也曾到村上去游说，所获却甚微。这可令大哥十分不解，三里及石康，那是十多代之隔，不给情有可原，这本村本境，隔不过几代，竟是这么无情无义？

最后大哥逼得无法，去找了牛三。牛三是个暴发户，家里少说也有好几万。大哥找他借个三多二少。不想牛三却给了大哥一面冷灰。

"借钱？你阿公与我阿祖是弟兄？就我与你是兄弟也难办到！"

这个牛三，还是我们四代的分支咧！

大嫂终于作了古。大哥很悲痛，他一方面悲大嫂红颜命薄，更悲的是这沈家人也太无情义了！到底为什么？大家都为一公所出。

今年扫墓。路过阿婆塘，什么时候这里被开了一道沟？一查，原来是刘姓人为引水种田所致。

这还了得！把沈家的龙脉都挖断了！难怪村人都成了散沙。好事者当晚即召集了村人议事。第二天，全村出动，先填平水沟，然后请来道公做道场，还龙颈，接龙脉，忙乎了两三天。

未过几天，刘姓人又来把沟扒开了。村头被激怒了，即时敲响了祭钟，把村民都拉了上去，禾叉担挑山刀斧头齐出动，那阵势非要与刘姓人决个生死不可。

村民还动员大哥："你也去吧，打前给兄弟们讲讲龙脉的重要！"

"我看我不去了，这帮契弟年年扫墓，口水讲干了，也没一个能记住，万一我回不来，以后可是连祖宗没人认得了？！"

大哥借口走了。他却骑上自行车，立马到了边防派出所。

要不是派出所那三声枪响，流血的事件将会不堪收拾。

祖传秘方

七叔有个很好听的名字,叫沈济海,大约是取"直挂云帆济沧海"之意。七叔也有个挺难听的名字,叫长指甲。我曾为沈家有这么个中医自豪过,也为七叔的作为面红过。

我们沈家没有什么值得称道的,仅祖上留下本《考世系》,古老而简要的文字里,可以溯见祖上二十代前的沈福公曾做过明朝御史大夫,县志上也有所记述。再就是祖上留下一条秘方,专治瘰疬即颈项间长出如豆状的结核。

据说此方已传下一十五代。当时沈家祖宗还在浙江西湖之竹墩村,是乾隆老爷偷下江南,病急发,求医到了竹墩村,我祖宗使用此方配药将皇帝老爷治好的,经皇帝老爷验审过,并亲自书写一张由祖宗保存,便这么传了下来。不过,也不是沈家人人都能通晓,每代仅传一人,高祖传给了曾祖,曾祖传给了七叔的父亲,再由七叔父亲传到了七叔。我是有一天看见七叔在翻晒枕箱,掉出个手抄本,偶尔才见到的,里边确是毛笔所书,字体倒很讲究,是不是乾隆老爷的字迹,我没有辨别能力。我想八成是讹传,假如有这皇帝老爷的手迹在,那么方子的文物保存价值岂不大大胜过药方本身?

不过那药方并不完全,只有"红娘子三钱, 二钱, 三钱,海藻四钱,甘草二钱,糯米半两"。我想祖上的诡秘便在于这四个空格,即使谁要到了方子也没有用，必须是真正传人才握有那两味至关重要的药。

七叔是个瘦子，一副鸡胸，两根瘦臂，指甲真的很长，而且甲根有黑。他的一生无所事事，就凭这个药店，当起了一方医生，倒也柴米不缺，年节鱼肉不断。

我曾看过七叔治病。来了病人，七叔便极尽模样地说："糟啰糟啰，你得的这个病要紧哦，犀利哦，爆发出来，连命也……"

待把别人唬得面青汗出时，才又说："不过总算你有彩数，今天能找到我，要是换个人你就过不了七月十四。我来医就请放心，只要舍得出钱。"病人到了这种地步，加上他那一叹一吓一吹，只要不是卖老婆卖房子，哪有不出钱的？也许七叔的"长指甲"便这么来的。

说着用眼睃了人家一下，便在袋子里掏出一二丸子研碎，冲洒给病人服涂。据旁人反映，七叔治的人，有不少最终送大医院，还因为误了时间，曾死过两人，不过人家也并未追究他什么，不是他直接造成嘛。

可好我考上了医学院，放暑假回来，常与七叔唠唠："七叔，手头怎么样？"

"哎，亚侄，你说怪不？怎么这方子祖上很神，到了我手，效果却总不显著？"

"我说七叔，是不是方子有问题？"

"不，这怎么会？你是知道的，我们沈家哪一代不是使用它，远近出名？"

"不，我是说，世上没有一成不变的东西。比方说，现在的人，生活与过去不同，食物结构变了，人们所需的摄入量变了，甚至于血液细胞因素也变了，疾病也顽固了，即使是金方，那分量也应该修改，起码加减……"

"你说什么？"七叔把眼瞪了起来，如同见了生人或怪物一样："祖宗的东西能改的么？"

板蓝根风潮

大力厂的利厂长靠的是板蓝根起家，生意曾经占据了半个中国的药材市场。上个世纪末，凡有药店就有板蓝根，有板蓝根就有大力厂，有大力厂就知道利有明。

板蓝根其实是一种草本植物，因生性清凉，有清热解毒之功能，对病毒性感冒、咽喉肿痛有奇效。大学毕业的利有明便将它研制成冲剂，批量生产，充扩于全国的各大小药材批发公司及药店。在中国，也许在世界，都是这样，一个产品获得了成功，立马就会被跟上。一夜天光，各种包装的板蓝根冲剂泛滥成灾，假冒的，伪劣的，仿真的，精装的，平装的，满街都是。有句话叫"舍得平，卖得赢"，这么一来，正厂就搞不过伪厂，大力厂产品积压了。

产品销不出去，资金得不到周转，大力厂面临着关门的危险。利有明苦思无良策，将冲剂的价格一降再降，甚至都降到低于成本价了，也还是销售无路。这天，利有明癫头鸡一样地在省会的大街上转，看到药店就走进去，待看到那充斥柜台的各种板蓝根冲剂，便气不打一处出，明知是假的，可你奈他何？从药店出来，转过中华大街，一个招牌引起了他的注意——环球点子公司。带着一试的心理，利有明便走了进来。

老板是个戴深度眼镜的年轻人，见有人来，亲自出来接待：请问有什么需要帮忙的吗？

你真能帮忙?

出出点子吧。

那好，就帮我出个点子，让我度过这一关。

说。

是这样，我的厂……

是什么厂?

大力……

哦，板蓝根老厂，我知道了。

你真灵通。

要不，能做点子? 说吧，有什么要求?

产品滞销，资金周转不上。

大约有多少积压?

三千万吧。

你现在能拿出多少资金?

不瞒你说，财务早已赤字。

无钱可是办不了事啊。

就是因为无钱，有钱何必走到这一步?

这么吧，你最近筹备50万现款，保你成功。

怎么说?

只要有现款，就能翻天，你也清楚，50万之于三千万，孰重孰轻?

可是，米都少了，万一还粘了煲，我就得跳楼了啊。

相信我的话，你立马筹款，至于资金的使用，我自有妙法。如不信，我们可以签协议：50万用上，假如收不回来，我公司加倍赔偿。如能成功，我将收取10%。

好，有这个保障，干!

利有明回去，将家宅押上，在银行贷了50万。

第二天，市面上出现了十辆小卡，沿大街小巷收购板蓝根。大小药店里的存货便被囊括一空。街巷上便出现了种种议论：听说有种疾病叫非典型性肺炎正在流行，这种病从发现到死人不到十分钟。难怪有人收购板蓝根？

这么一来，全市都找板蓝根，然而迟了，被人收购一空。

人们便想到了大力厂。来要货的人挤破了门面。不出三天，仓库里的积压全部售罄，且价格比平时高出了30%。

变味的校庆

李研究馆员提着刚出版的新著和刚领取的奖金登上了回故乡的班车。李研究馆员此行的目的有两个：参加故乡中学校庆和看望年迈的父母双亲。到底是因为参加校庆而顺便省亲，还是因为省亲而顺便参加校庆，连他自己也说不清楚。因为校庆是正逢五十周年的大庆，而故乡，他也有十多年没有回来过了。

坐在班车上，李研究馆员默默地想着自己的事，到底还算争气，在省城里奋斗了这些年，终于混出来了。这不？出版了第五部论著，甩掉了副研究馆员，评上了研究馆员，虽然这个职称名称有点儿长，在乡亲里也许不好理解，但一说是与教授平级便人人都会知道。想到这里，他便在兜里掏出了新印制的名片，在"研究馆员"的后边加注上"（相当于教授）"。另外还有一笔奖金，虽然才3000元，可已是这生拿到的最高奖，也是最大的一笔工资以外的收入了。

到了家乡车站，因为在镇上，离中学近，也应该是先公后私，于是他直奔中学。

这就是他30年前就读过的中学，楼舍林立，人声鼎沸，锣鼓喧天，彩旗飘扬。

一脚踏入校区，就听到了那高音喇叭在播送：热烈欢迎各路老板专家学者校友回母校！下面播送校友捐资名单：赵××三万元；钱××两万元；孙××二万元；李×× 一万元……

李研究员听在耳里，记在心里，下意识地摸了摸兜里的奖金，心想这些校友怎么会有这么多的钱呢？

来到了签到处，显然，没有几个人认识他。当签上了李松的大名时，才有个领导模样的人走了过来拉住他的手，欢迎李教授！他只感到一股暖流涌进了心房，母校毕竟还有识货的人！

在签到处的正面，立着一块牌牌，上书捐资者名单：赵××30000元；钱××20000元；孙××20000元；李××10000元……

李研究馆员在填写捐赠时为难了，他打开了带着墨香的新著，一共20册，按码洋应该是500元，又觉得太寒酸了，便想到了兜里的奖金，再给多少好呢？即使全数掏出，也只是3500元。可都十多年没有回家了，总不能空着两手回去吧，怎么说也要留个一千几百，还有回程车费呢。

于是，他一咬牙，拿出了1500元，连物带款凑足2000元。他的名字立马被添了上去，只是写在牌牌的末端。便由礼仪带他入座，他的座位在台下的校友席上。

10点38分，庆祝会开始。主席台上坐了三排人，第一排是县镇的领导，还有赵钱孙李等几个高额捐赠的校友。会议开始前，再一次由副校长宣读捐资校友的名单：赵×× 三万元；钱×× 两万元；孙×× 二万元；李×× 一万元……而且每读到一个名字，捐赠者还要起立向大家致意。

听着听着，李研究馆员感到了内急，便悄悄地退了出来。后来读到他的名字与否，他没有在意，反正他出来了就不再进去了。

· 111 ·

车队的形成

"一哥"有客人来，是位将军，当然不只是"一哥"的私人客人，住星级宾馆，好酒好菜招待。第三天将军提出要到大人湾看看。

好，看看就看看。

大人湾是"一哥"的一部杰作，正好要广告四海，让更多的人知道。这南海海角有个天然的海湾——海滩、奇石、木麻黄、美丽的传说，哦，还有中华白海豚，这可是世间稀有。别看这客人是位隐退的老人，可他却是位将军，他的影响广着呢。

"一哥"叫来主任，说将军要去大人湾，我没有空儿，你作安排吧。

主任与"一哥"是同乡，自然"一哥"的客人就是他的客人，更何况……

"一哥"调来了一辆宝马，将军、将军夫人专座。

主任另有小车。

主任想想，大人湾是东区所辖，应该告知他们。东区"一哥"接到电话，不敢怠慢，立马也叫来区办主任，带上通讯员，一辆三菱，一辆佳美同奔宾馆。

区办主任想想，到景区，还得通过旅游部门，便又给旅游局鲁局长挂了电话。

鲁局长接到了电话，放下了手上的工作，也开来了皇冠3.0。

鲁局长到了，见到大家，想了想，这大人湾在东马镇的辖区，应该通知镇政府才是。

书记接到了电话，也找来了镇长。现在的乡镇，不同了以往，一二把手都配备有小车，而且不再是北京吉普时代，不少乡镇领导的坐骑还胜过城里的呢。于是一辆皇冠2.4及一辆雅阁2.2双双来到了宾馆。

镇书记看看人马基本齐备，总像还缺了谁，一想，村委，便跟镇长稍作商议，给村委劳支书挂了电话。

劳支书急忙打开自己的"张军长"（电影《南征北战》中的老吉普），可不争气，老也发动不了，挂上挡，急召四个精壮小伙，顺着岭坡往下推，"张军长"虽然哗地响了一下，可放开手便又站着不动了。支书事急马行田，不得不厚着脸皮向暴发户阿水开口，要借他的小奔驰一用。阿水正有事要找支书，还巴不得支书开口呢。

主任一看阵势，该来的都来了，便向交警提出了要求。

交警大队长接到了命令，立马开着警车，一路鸣笛而来。

最后一辆小奔驰急急赶来。

主任一声："出发"！于是，警车在前面开路，主任的广州本田居二，接下来是将军的宝马，东区一哥的三菱，区办主任的佳美，鲁局长的皇冠3.0，斐书记的皇冠2.4，陈镇长的雅阁2.2，劳支书的小奔，一路欢歌向着海边进发。

将军及夫人在车里好一番感慨，想不到自己退下之后，才头一次享有如此待遇。

将军在部队时，是一位文职。

东窗和西窗

这个诊室共有两张桌子，东窗一张，西窗一张。东窗坐着老成持重的廖医生，西窗坐着生性聪颖的李医生。

廖医生的桌上立个牌子，牌子上书："主治医师诊病收挂号费三元"，诊桌的一头，摆了厚厚一叠病历本。

李医生的桌上也立个牌子，牌子上书："医生诊病收挂号费一元"，诊桌的一头，也摆着厚厚的一叠病历本。

窗外走廊上等待着三十多名心急火燎的候诊者。

东窗外一口鱼塘，鱼塘边绿柳成荫，空气清新。廖医生开初也不坐这里，这是老主任的位置，老主任退了，廖医生升了主治医师，便坐到了这里来。他喜欢鱼塘的清新。

廖医生开始叫号："1号。"

便有个中年妇女应声入来。中年妇人一脸蜡黄，但眼神泛光，这是激动的神采。是的，在这个诊室，在这家医院，能得到廖医生诊病，无异于拿到了康复证，谁不激动？

妇人欠身坐在东桌的横向，把左手伸出，搁在集子白垫布上，虔诚地让廖医生把脉。廖医生却没有马上号脉，鼓着眼凝视了妇人一会儿，拉家常一样地问："大嫂，觉得哪儿不舒服？"

"右腹部胀痛。"

· 114 ·

"多久了？"

"五六天了。"

然后伸出三根竹枝一样的手指，把定妇人手腕，寸关尺号了五分钟，再换右手，正好又是五分钟，然后：

"请伸舌头。"

妇人把条黄舌长长地伸出。廖医生视过，点了点头，又叫妇人到里室的木床上躺下，对着剑突下软腹，重按轻按了一会儿，复又出来，到洗手池里洗了一番，然后坐到诊桌前，翻开病历，一丝不苟地写着，那严谨的神情无异于写一篇学术论文。然后才拿出处方笺，川芎白芷黄芪赤芍柴胡木香写了一页，工工整整地签上"廖旺锦"三个字，郑重地交给妇人。

正好四十分钟。

廖医生才又站起，重到洗手池，洗过手，干毛巾擦了，朗声叫道："2号。"

西窗外没有空地，对面便是酱料厂，中间隔不过两米。在这里看不到春燕戏柳，见不着鱼跃浅水，也没有清风徐来，但医生之初都坐这里，李医生也明白，这只是个过渡：医生过渡，人生过渡。到廖医生叫2号时，李医生已叫到了8号。

8号是个小伙子，随声坐桌边的椅子上。

"哪儿不舒服？"

"头。"

"咋了？"

"疼，睡不着。"

"怕是失恋了吧？"

小伙面一红。李医生稍一号脉，便抓到了症结，白术远志桔梗茯苓刷刷地写了一页，龙飞凤舞地署上"李云光"便算完事。

看看不到五分钟。小伙子轻松地跑向了药房。

西窗的病历在一本本地减少。

一位大叔总在进进出出的，坐也不是，站也不是，显然是等得心急了。只见他狠吸了口烟，走到廖医生的跟前："廖医生，我有急事，能不能让我先看一下？"

廖医生正在诊病，不作回答，旁边的人却像开了锅：

"你急？谁个不急？"

"你要先看，怎么不早来，占个头号？"

"我天还没亮就来排队了，这还轮不到呢，你急！"

这时，廖医生才开了口："要快，到那边去吧。"

便有人抽出了病历："不好意思，廖医生，我没空儿等了。"

"去吧，该去的就去吧。"廖医生眼睛也不抬。

既然有人开了头，跟着便纷纷地抽出了病历本，陆续地投到了西边的诊桌上。李医生的负担明显地增加了，可面上却现出了得意的红光，口里却说："慢慢等吧，不要都挤到这边来，我这里治不了大病哦。"

听到这话，廖医生才抬高了眼，一束死光从老花镜片上向西边射了过来："看病就看病，哪来这么多的怪论。"

李医生缄默了一下："我说的是实话，不见他们一开始抢着去排队？现在可好，一个个又都……"

"后生人不要把尾巴翘上来，出水才看两脚泥，治病是儿戏不得的，医生的名誉是以治好人为前提的。"

"那是，那是。"李医生有点儿滑滑地说："向老医生学习。"

不一会儿，李医生桌上的一摞病历便没有了。病友们欢快地拿到了药，回去说不定还可以上个半班或买个菜下个米。

廖医生才叫4号，看看已十一点，还有半个小时便下班，门外的候诊者不由急了。廖医生可不急。诊病可是人命关天的事，能急的吗？看一个处理好一个，便减少一个的痛苦。廖医生的治愈率在同行之中是独占鳌头的。多年来，他便是以此赢得了崇高的声誉。

剩下的人等不及了，只好把病历从东桌搬到了西桌。到十一点半，全部病人都诊到了病，拿到了药，各得其所地离开了卫生室。

下班时，东窗廖医生的挂号单是5，西窗李医生的挂号单是42。

东区西区

好一段时间的酝酿、吵闹、喧哗，这个地区终于改为市了，名列省里第十三位。到底是地好还是市好？老百姓好像并不怎么关心。是的，做工吃饭，吹灯睡觉，随你怎么改，日子不也是这样过。而官们则不同，改市了，好像是过上了盛大节日，装扮城市，美化街道，挂标语，筹谋庆典，邀请嘉宾，忙得不亦乐乎。由于地改为市，原行署所在地的县便也相应改制，由一个县分成两个区，按地域位置称东区和西区。也就是说，原来只一套县级班子，为了适应改市的形势，一下子增加了一套班子。这样一来，原来的县委赵书记改叫区委书记，辖东区。于这赵书记来说，级别照样，可势力范围节缩了一半，不知作何感觉？原钱县长坐领西区，本来是第二把手，现在坐了第一把交椅，虽然只辖一个区，可一种熬出了头的感觉明显地释放了出来。

好吧，下面就来说说这东区与西区吧。按地理位置，东、西二区各有优势，即东区靠海，西区靠山。俗话就说，靠山吃山，靠海吃海。可在改革开放的今天是富从海来，有港口，有码头，有渔港，有海养，加之近年来海湾旅游业的兴起，因而东区的优势便要比西区胜了些。当然西区也在不断挖掘资源，全力打造山上文化，你东区搞个白玉滩，我西区就搞个黑石寨；你东区搞红树林海鸭蛋，我西区就搞松香脂山木耳；你搞招商会，我就搞博览会……这样干了一阵，在市经济汇报会上，各有春秋，各得其所，难分伯仲。

回头一看，为什么东区没有显示出优势呢？这天赵书记从区委匆匆出来，遇上了进来的西区钱书记，握手寒暄之后顿悟，原来是两家驻地太接近了，信息极易相通，便想到要盖办公大楼。也真是的，原来一套人马，3部9委36局，分开便成了6部18委72局，都挤在一起办公。

于是紧锣密鼓规划找地绘图开工，在东去十三公里处盖幢大楼，九层，曰东区行政信息中心。封顶之日，迫不及待地大宴宾客，上下一片喜气洋洋。相对来说，西区迟缓了些，不但迟缓，盖楼还八字未写一撇呢。并且，从旧县衙搬出以后，租地办公，一会儿搬到河东，一会儿又搬回河西，而被市民称之为"流亡政府"。这天，钱书记出席东区行政信息中心封顶仪式，便下了决心，立马建设西区行政信息中心。于是在西去13公里处选了块风水宝地，测量绘图报建开工，在道边竖起了高大的施工牌——哗，巍巍10层，比东区高出了一层！而且责定要180天封顶。

钱书记每每经过东区驻地，难免露出了一丝的微笑。

封顶之日，也大宴宾客，同样回请了东区赵书记。

赵书记欣然践约，只是在饱饮之后，回到驻地，立马召集会议，说是根据需要，信息中心大楼加盖两层。经一番动员，部下提出异议，刚落成未久，又要大兴土木，恐难处置，况且，那顶上各种现代化的信息设施也得废弃重搞。

赵书记力排众议，列陈加盖的十大理由，条条都落地有声，最后还是达成了一致：我们不能输给西区！

又是半年，市区现代化构架焕然一新，以市行政信息中心为主体，东西二区行政信息中心分别把握东西要塞，煌煌乎，巍巍乎！

只有西区钱书记每每经过东区驻地，那眉头总要微皱一下，当然，除了贴身秘书，这是谁也察觉不到的细微表情。

富在深山

市区北去三十二公里有一块山地，阿唐很早就相中了的，只是因为穷，一直就只有流口水的份儿。可以说，阿唐这半生的努力，就是为了这块地。

为了这块地，阿唐什么没做过？打工、杀猪、杀狗、做烤鸭、卖绿豆糖水，就差走私贩毒了。可是，阿唐半辈子的辛劳几乎白搭，不说是要一块山地，就连自己的衣食也难以丰足。

那可真个是一块宝地啊。山不高却有奇石，树不粗却四季常绿，水不深却长年不息，清澈见底。阿唐就想，要是得到它，就在那里盖几间瓦房，挖一口鱼塘，种几亩树林，早听鸟叫，夜听蛙鸣，看山雨欲来，看长虹过天，看花开云涌……

没有钱，一切都是幻想。

不想这一夜，真的让他实现了。

阿唐中彩了，特等奖，哗，800万！

这下可好了，阿唐拿出100万，凡是来寻他的亲友，都有份儿，每人一万。

阿唐交代了，该给你们的都给了，以后就不要再来打扰我的清静了。阿唐便进了山，去实现自己的目标，买下了这块梦寐以求的山地。

阿唐开凿了进山的路，用花砖圈起了围墙，盖个小门楼，上书畅碧园，在园里建起了二层小楼曰藏春楼，挖了口塘叫澄碧湖，还真的种上了不少的树，还在最高处盖个小亭叫听雨轩。为安全起见，阿唐还选养了四条牧羊犬，正宗的德国货，分别置放在东南西北四个角。从远处看，万绿丛中，掩映一角红亭，俯瞰一汪碧水，没有喧嚣的噪音，只有小鸟那不时地啁啾，偶尔伴几声沉雄的犬吠，一切是那么的宁静、悠远、深长、惬意。

  阿唐搬进来了。阿唐就想过这神仙的日子。当然，阿唐也在众多的追随者中选择了一个配偶，那是个生活极端困难的半文盲的女子。阿唐自有阿唐的想法，择偶，就是为了传宗接代，就是为了做伴，就是为了操持家务，当然主要的是不干预自己的宁静。你要选个花里花哨的城里姑娘，今天要你买这，明天要你买那，今天要你陪她去这儿，明天要你陪她去那儿，其实，在阿唐的心里，哪里也比不上他的畅碧园，哪里也不比他的听雨轩。平日一切交给了女子，自己在小楼在小亭在林间闲散，或读书，或写作，或品茶，或饮酒，喜欢时上山挖个树头，砍砍削削，顺其自然，做成根雕，放置在道旁，或到塘里戏一回水，钓几尾鱼。总之，一切由着自己，不用看领导的眼色，不用考虑同事的顾虑，不用请示谁，不用等待谁，也不用照顾谁，整个是随心所欲，优哉游哉。

  阿唐过的是自给自足的生活。他有水田，有菜坡，有鱼塘，所吃的一色都是绿色食品。

  他想，神仙大概就这个样子吧。

  深山生活了近三年，还真的没人来打扰过他的清静。

  这天，东门的牧羊犬猛烈地吠了起来，紧跟着，西南北门的也遥相响应起来，一时，沉雄的狗吠搅得天崩地裂。阿唐登上了门口的小箭楼，戒备地朝下看，一辆贼亮的小轿车神奇地停在门前。

  该周济的我都周济了，还落下谁呢？阿唐在想。

  车门打开，一位矮胖的中年人钻了出来，俯视下去，就先看到了那个发亮的头顶。阿唐认出了，那是当今的市长。紧接着，尾箱打开，搬出了大包小包一大堆。车便开走了，只留下了市长大人和一堆的包包。

毕竟是稀客，而且还是市长。阿唐便下了来，虽然这些年来，阿唐早已是与世隔绝了，可这位市长还是他的老本家，他们都共着一个姓氏。

市长光临，有失远迎啊。

兄弟呀，你可让我找苦了啊。唐市长见面亲热地抱了过来。

难得市长百忙之中前来探望，真是蓬荜生辉呀。

不要再叫市长市长的了，我长你几年，就不能叫一声大佬？市长摇着他的臂膀说：兄弟，你一下子消失得无影无踪，让为兄的想得好苦啊。今天无事，正好来看看，一来见识一下你的神仙庄园；二来嘛，叙叙兄弟情义。

说着话，他们一路沿着弯曲水边，走过了澄碧湖，登上了听雨轩，最后回到了藏春楼。

兄弟呀，真让为兄的佩服至极了，什么时候也能享受一下这与世无争的生活啊。

红尘无悔，各有千秋。世人都晓神仙好，只有权力忘不了……

人在江湖，身不由己啊。

说吧，市长大佬，日理万机，总不会为一个山民耗费宝贵时间吧？

既是兄弟，那就说吧，不瞒兄弟，为兄的也选了个地方，盖了幢小楼……

想让山民开开眼界？

只要你有兴趣，不过，为了这幢小楼，为兄的却是终日寝食难安呀。

资金缺口？

那倒不是，是遇上红眼病了，树欲静风不止啊。

山民能为你做什么？

说一句话。

就这么简单？

万一有人来问起，就说你曾借过一笔款给为兄的，那，这是借据。

阿唐接手一看，数额可不小啊，300万，而且是市长的亲笔。

怎么，你就不怕我凭空发财？

就算是为兄的给小弟的一点儿周济吧。

一句话就能挣到300万？太幸运了。只是，山民已无意红尘，你好自为之吧。

一点也不念兄弟情分？可是一笔难写两个唐字啊。

恕难办到。

你能办到，只需一句话。

可我这话出了口，还有清静日子吗？

害 虫

　　小瘪四一次在大排档进餐时,末了,在碗里发现一颗纽扣,灰灰的。小瘪四便哇地吐了。多人都掩着鼻向他投过怪异的目光,老板见状也走了过来。小瘪四指着碗里的纽扣:"老板,你看……"

　　老板的脸色也如那纽扣一样灰了,忙不迭地拉过小瘪四:"来来来,到这边谈。"显然是为了避开顾客。到了僻静处,老板掏出了二百元,塞到小瘪四的衣兜里,说:"兄弟,那是师傅不小心掉下的,多担待了。"

　　小瘪四眼一翻,"什么是什么呀……"

　　"要不,再加一百。"说着,老板又掏了一张纸币,塞进小瘪四的口袋。小瘪四回到家里,既没肚疼,也没头晕,想想也值,白吃了一顿,还得了三百元的意外收入,真是天上掉下了馅饼了。由是,小瘪四灵机一动,有了,老子要发了。

　　于是,小瘪四寻了些小件物品。

　　榕树根大排档正在红火。小瘪四便来了,满满当当地点了一桌的菜,邀上刘二王三,一起美滋滋地享用。待酒足饭饱之后,用汤勺一舀,只听铿的一下,汤盆里有物。小瘪四便大喊一声:"老板!"

　　周围的人众听到叫喊,都刷地将目光投了过来,老板急急急赶来,问:"你要什么吗?"

　　小瘪四便从汤盆里捞出一物,推到老板面前:"老板,你看见了,这是什么？怎么在我的汤里？"

老板一怔，是个五号电池。"怎么会有这种事？"

"你问我？你可知道，一颗电池的毒液能影响多宽？五平方公里，知道吗？现在让它吃进了我们的肚里去了……"

"好说，好说，"老板显得慌了，"我带你们上医院吧。"

"上医院就能解决了？我们都吃了一个多小时了，怕那药性早已渗进五脏六腑了……"

"那你说怎么办？要不，给你赔些钱，你们自己处理吧。"

"这可是你说的。说吧，赔多少？"

"这么吧，最近生意也不大好，多了，拿不出，我看就每人二百吧。"

"笑话，二百，还不够洗一次胃咧，"刘二说，"不跟他废话，把这电池拿去防疫站算了。"

"不不不，我们还可以商量嘛。这么吧，五百。"

"一千，少一分不干。"

"算我倒霉了。"于是，他们便轻易地拿走了三千元。

昨晚，这小瘪四又在大三元饭庄出现。

过后，大三元的老板送他们出来时客气得如同一条舔人的狗。显然，小瘪四又得手了。

白天一觉醒来，小瘪四便邀上刘二王三来到了沙家浜。这沙家浜的老板虽不叫阿庆嫂，可也是个女的，那个头胖得像头母猪。见有客来，忙招呼服务员热情接待。小瘪四选了个靠门的座位，点了一桌的菜，讲混猜马如入无人之境。时而挑逗那上菜的服务员，时而又对着胖老板逗趣。

不想这胖老板也是插科打诨出来的，只哈哈一笑。

本是很愉快的一幕，不想到末了，小瘪四突然叫了一声："老板娘，这是什么？"

胖老板过来了，见小瘪四在汤里捞起了一颗五号电池，眉头一挑："怎么可能？我的汤里怎么可能有这物件？"

"那么是天掉下来的吗？你也亲眼看到的了。"

"不可能，我的厨房是一流干净的，也没有谁携带这东西进入，你有无搞错？"

"我搞错？你也看到的了，是从这汤里捞出来的嘛。"

说着话，那刘二并王三早已啊啊地吐个不停，还一边叫肚子疼了。

也许是胖老板遇事多了，她并不怎么慌张，说："事情没弄清，你就肚子疼了，让人觉得多不真实。"

"你是说我们装的？"

"鬼知道，你们这些人是什么做不出来？电池给我看。"

"不能给她，我们拿去防疫站好了。不跟她说了。"

那叫王三的一派息事宁人似的："我看也不要闹到那里了吧，我们就地解决好了。"

"怎么个解决？"胖老板说。

"赔吧。"

"好，你等着，我叫个人来谈。"胖老板拨了个电话。一会儿，几个穿警服的来了，一把将他们扭住："走，跟我们回派出所去。"

"你们凭什么抓人？她的食物有毒，你知道吗？一个电池的毒液能影响多大？"

"不就是五平方公里吗？我替你回答了，你们这些贼，我们寻你好久了。你看，经过汤滚的电池，这塑料封皮还这么完好的吗？笨蛋，居然拿这个吃了一家又一家。"

机 关

一清早,科长通知说,今天市里最高领导来局里检查有关改变作风的情况,叫他提前些上班,并穿好点儿的衣服,还要上电视咧。他便从衣柜里找出了平时极少穿过的那套西装。早餐尚未做好,他便不等了,饿着肚子匆匆来到办公室,反正是一会儿的事,检查过后再去吃也不迟。

办公室在一楼,是宿舍改成,他们科占个套间。科长、副科长自然在厅里房里,最后剩下个带卫生间的小厨房,他便在这里落座。可好那是个内部卫生间,每天里没几个人来方便。可好那卫生间有扇门,那门一关,他便可以落得清静,可以在里面营造气氛。

他来到后,别的科室的人也陆续来了。打扫完卫生之后,便各自回到自己的办公室去一边做事一边等待着。他的手上没有多少工作,便也坐了下来,清理了一下思路,很快便列出了三条,叫建议叫措施或叫意见都可以,提上去只会对单位对机关有利。平时像他这样的人,要见一次领导并不容易,今天可好,有领导上门来,他觉得这是个千载难逢的机会。

便等。

咕噜咕噜,他的胃在提醒他尚未吃早餐。他平时都是吃过早餐才来上班的,今天提前了,怎么说都有点儿不习惯。不过不碍事,不就是一会儿的事吗?人毕竟是有忍耐力的。

过了一会儿,外边有了响动,部长、副部长还有其他科长的身影从窗口掠过，他明白那是打前站的来了，也就是说，最高领导即将来临。他的肚子似乎没那么饿了。

再等等。

又过了一会儿，外边有了车声及人的嘈杂声，他知道是来了。便一本正经地坐好，并重新梳理了一下那三条措施或是建议，当确认它们有条不紊时，才放心地拿起一本书或是杂志，装模作样地读着。

书记来了，市长也来了。还有上边的一些主管部门的头头儿也来了。电视台的记者也扛着那台价值一幢楼房的机子在拍咧。今晚的头条新闻即将是这一激动人心的场面。能在这种场合露一下，并提上几条意见或建议，那当然是件极有意义的事情。他在默默地想。

书记们在局里大院转了一圈，便一头钻进了局长室听取汇报去了。好半天，他的肚子不知又咕噜了几多回，他也不知在窗口里张望过多少次，总没见有人过来。

好一会儿，科长带着一位领导向他走过来，他认出是部长，便忙站了起来，堆上了笑容并做好了握手的准备。部长却在科长的指引下走进了卫生间去，那扇门嘭地关上了。

小厨房很小，他的办公桌就挨着那卫生间的墙，因而虽然关了门，部长那解决上等香茗转化液的声音隐隐传出，一时间，他真不知道是应该离开好，还是原地等待好？

正在犹豫与尴尬之间，部长出来了，在同他微微一笑之后，径直走出了小厨房，走出了办公室。

·127·

甲乙丙丁

题记：看滚滚红尘，芸芸众生。人无百岁寿，枉作千年计。来也匆匆，去也匆匆。欲望却是藏天袋。

且看阿甲。

阿甲出身小城，父母虽不是达官，却也算是一方名人。家内藏书万卷，阿甲便是在书的世界里成长的。童幼时开始了浏览，青年时广读四海，可说是学富五车。书读多了，便忍不住想写。在严父的指点之下，居然也真的写出了华文，小说随笔散文，报纸杂志都发。几年下来，已然成了青年作家，名冠南国，每日里来鸿去雁，竟纷飞如雪片，期间也不少亲临拜访，求师求教。"天下谁人不识君"，一时间，阿甲成了青年的偶像。有中专学校文学社请去传授写作技巧。阿甲欣然前往，会上激扬文字，抒发豪情，手舞足蹈，谈笑风生，竟然大获成功。下得场来，被众文学青年包围，要求签名留念：笔记本书本作业本甚至衣服上，阿甲笔走龙蛇，兴趣盎然，一小时内签名几百。名人。阿甲过上了名人的瘾，心想，体育明星、歌唱明星不也是这个样？

可是，当他步入了书店，心情便变了。他看到那架上心仪已久的《金庸全集》，标价800元，摸着羞涩的钱包，内心里发出了慨叹：我要有阿乙一半的钱就好了！

再看阿乙。

阿乙有钱，富甲小城，这是公认了的。他的钱从何而来，却无从知晓，到底是正道是歪道，白老鼠黑老鼠，不让猫抓着就算本事。不过，无论怎么说，阿乙也算是个仗义疏财的人。你有眼可以看吧：希望工程，他一笔捐了十万；兴办敬老院，抖出二十万，他眉头也不皱一下；还有，支援老区贫困学生，他的名下竟有三十多人。阿乙曾被二十多个孩子尊为义父呢。

他的财产到底有多少，自然无人知道。人们就只有猜测揣摩，有的说，阿乙是富可敌市，有的说，阿乙这辈子的钱恐怕三辈子也用不完的了。反正阿乙花钱，只要他认为该花的，从来是出手大方。有一年的旧历年底，他暗里采购了三大车的活鱼，倒进了家乡的山塘里。第二天请来了三台抽水机，当众宣布说，塘里的鱼，我抽干了水，任由大家捉。这一年，家乡人的大鱼吃不完，正合了年年有余（鱼）的年规。最有意义或者是最让人传颂的是有一回，阿乙为了让老家的父老乡亲们开开眼界，见识一下现代都市的生活，竟然包下了市里的最高档次的香格里拉大酒店，让村上二十岁以上的兄弟叔侄婶母姐嫂都来住上一夜。虽然期间闹了不少陈奂生般的笑话，比如开不了水呀，蹲在马桶上大小便呀，坐下沙发吓了一大跳呀，等等，可回去之后都一致地对他竖着大拇指：我们阿乙，这个！

可是，当他一回到那个豪华的家里，就似乎失去了应有的快活。妈的，要有个像阿丙的老婆就什么都圆满了。

又看阿丙。

阿丙是一介平民。但不知行的什么桃花运，竟娶了个如花似玉的美人为妻，把一个城里的男人都艳羡得口角流涎的。见过阿丙老婆的人，无不贪婪地看上几分钟。这么跟你说吧，因为阿丙的老婆在南街的一间酒店上班，而且干的是礼仪，只要她在门口一站，过往的目光便一致地投射过来。又因为这是条纵向的单行线，久而久之，致使有差不多半个城的男人都患上了斜眼病，而且斜的方向都一样，向左！甚至，这种疾病慢慢地也传染给了女人，不少女人夜里都听到自己的丈夫在梦里喊着同一个名字，这个名字就是阿丙的老婆。也就引起了女人们的好奇心，非要来见识一下到底美到什么样。一旦见了，不免自惭形秽起来："罪孽！真的美得不行，假如我有她的一半就足够的了。"

　　阿丙却活得窝囊，干了二十多年，还只混个副科级干部的虚衔，在单位里，只是"参谋不带长，扇屁也不响"的角色。有好几个晚上，他那老婆刚回到家，电话就跟着打了过来，说是上级领导来了，要她立时返酒店去。阿丙自然一百个不愿意，可那是领导下的指令，你能违抗？阿丙也曾想到过不让她去。她说过了："你能养得了我一辈子么？"凭这丁点儿的工资，别说是一辈子，恐怕连一个月也支持不了，要知道，美人一个月的开销是个什么概念吧？

　　因而阿丙就恨自己无用，连一个老婆也保护不了。

　　心想我要是有阿丁一半的权就好了。

　　后看阿丁。

　　尽管阿丁出身卑微，官却一步步地升，从办事员开始，到干事，到副科长、科长、副局长、局长、副书记、书记，在这个市里已成了"一哥"。成了"一哥"的阿丁，在这一方可说是要风得风，要雨得雨：局长见了点头，主任见着哈腰。看着那些卑躬屈膝的样子，便有一种君临天下的满足。不是吗？未想到的事早有人为之想好了，而且连方案规划都给设计好了。日常坐的"奔驰"，喝的"人头马"，抽的"大中华"，当然不用自己掏腰包，其实要掏也没有那么多掏呀。当然，阿丁也不是那种贪得无厌的人："钱财那东西，生不带来死不带去，要那么多干什么？"天天讲廉政，抓腐败，前车之鉴确实令人心惊。宁可吃吃喝喝玩玩，也算工作需要，花费多少不伤大体，在位一日就可以享受一日。学历的问题，也好办，报读个研究生，任期内便可以成为硕士了。逢着开会讲话，早有人为之写好了讲稿，只要上台一念，便是掌声一片，并且每句话都是"重要指示"。更有，要办什么事，一个电话便可搞定；要找个人什么的，一句话，便让秘书跑断了腿，叫你向东你不敢向西。

　　不过，阿丁虽然当着一哥，也有怯场的时候，那就是出席什么临时庆典，或是会什么客人，特别是晋见顶头上司，这时要的是即兴讲话，秘书也帮不上忙。他自知，自己那个本科文凭，是怎样得来的，现在虽然也正读着研究生，可那是远水难救近火，真个是书到用时方恨少啊。

唯这时，他竟十分地羡慕起阿甲来，要是阿甲能将他的学识匀出一半给我，我便是什么都有了啊。

……

理由公司

此君读过八年小学，八年中学，八年大学，一生中经历了三个"八年抗战"。大学毕业后，投身社会，反倒觉得不习惯了。离开了方形的教室，离开美丽的校园，离开了父母的供给，像一个断了奶的孩子一样，就是不习惯。

不过，猪大分槽，树大分秧，那是客观规律，也就由不得你习惯不习惯了。

此君也就随着熙熙攘攘的人流，拿着自己的材料进入人才市场。还算好运，此君不费太大的周折，便被一所中学聘为中学语文教师。可此君不知是书读得多了还是什么，满肚子的学问，偏那嘴皮子就是不行，站在讲坛上，就是表达不出来。此君上课越来越不受欢迎，幸好这所中学是所大中学，校长便人尽其才，将他安排到了图书馆去。

由老师变成了图书管理员，此君行前作了一番的推敲，得出了三点理由：其一是本人外才不露，内才了得；其二是图书馆是个重大资料库，没有真才实学之人充实是不行的；其三是历来大学问者都出自图书馆，比如马克思，比如毛泽东……

此君便高兴地走马上了任。

此君选择了图书馆的一个角落，安上自己的办公桌，一边做着管理工作，一边也热情地给予每个来借书或找资料的师生以详尽的咨询解答。

此君有个最大的特点就是，无论多么嘈杂，他都能潜下心来读书。那可是真正意义的两耳不闻窗外事，一心只读圣贤书。书读得多了，那思维是十分的缜密。慢慢地，此君练成了一门本领，无论你要做什么，只要来咨询到他，他都能给你列出十大理由来，让你理直气壮去从事去进行。为此，别人都叫他理由公司。甚至有人怂恿他到街上去租个铺面，亮出自己的牌子——此君理由公司。

在此君看来，世界上还真的没有无缘无故的爱，也没有无缘无故的恨。无论什么都会有它的一线渊源，有注定的道理，那就是理由，就是从事者的行动依据，只要你做事合乎依据，做起来就能理直气壮，其后果就是容易大获成功，反之则缩手缩脚，不敢大胆施为，就会导致失败。比方一次，有位体育老师打了个调皮的学生。体育老师处在惊惶之中，后来来到图书馆与他一聊，到出门时，竟是乌云散尽，笑逐颜开。他给体育老师开出了十条理由，其中有三条是最有力的：一、棍头打出聪明仔；二、打是疼骂是爱；三、打的时候你就站在他的父亲的位置上。你都听说窦燕山有义方，教五子名俱扬，可你知道窦燕山的义方是什么吗？其中有一条就是打，为了五子的扬名，这老窦还真打得不少呢。

有位老师要辞职去做生意，却又处在犹豫之中，在校园里徘徊了几个晚上，后来来到馆里与之一谈，便也拿到了十大理由。其中三条是：一、此行符合潮流，是与时俱进的表现；二、老师也食人间烟火，穷字有罪，罪不容赦；三、良禽择木，贤臣择君，老师也可以选择自己的喜好。第二天便果决地向校长递交了辞呈。

多年来，此君不知为多少人找到了各种合适的理由，给多少人选择了行动的依据以及生活的勇气。可十分不幸的是，此君年届不惑了，却还是光棍一条。为此，他也找出了十条理由，其中也有三条是最重要的：一是本人穷先生，现在有几个人不嫌穷爱富？二是对外交往少，你不主动去找人，人家会送上门来？三是老丘的神箭射不到角落来，自然就射不到本人了。于是他就心安理得地读他的书，做他的学问，解答人们的各种咨询。

这天，像是个什么日子，学校里静悄悄的，图书馆就更静了。他才想起是个节日，师生们都出去野外活动了，他本也可以不来，可他是习惯了，天一亮就起床，一起床就来了，一来便拿起了书本，一拿起书本便钻了进去。

他一头扎进了一本厚厚的书里。好一会儿，他的鼻子吸了吸，一股香味沁透心房。他将眼镜从书本上移开，面前几时出现了一个人，再细看是个女人，再摘掉眼睛看是个姑娘，姑娘笑眯眯的：

此老师，你不去？

我不喜欢热闹。

是的，我也不喜欢。

今天想看什么书？

生活书。

生活书？再具体些，才好找。

够具体的了！说着那女子对着他看，眼睛里充满了笑意，直看得他脸色发红，气急心跳：有这样看人的么？这好像就是书中说的秋波啊，也是书本里的百媚，都说女人一笑百媚生。

于是此君也回予着看，他觉得对看很受用，也很激动。

此老师，我想找本关于你的生活的书。

我的生活？我没有写书。

不，你写了，你天天在写，我也天天在读。

什么什么？你有无搞错？我每天都窝在这角落里，乐此不疲的就是读书，我哪里写书了？

傻瓜，这不就是写书了吗？用的不是纸和笔，用的就是你的身和心。我觉得你就是一本生活的书，一本生活的大书。

嗬嗬，看你说的……此君口又不能表达了。

此时，门外有了脚步的走动，姑娘快速地撕了张白纸，擦擦擦地写了一行字，递给了此君，便迅速往外走了。

此君接过了纸条，一看：此老师，我爱你。今晚8时一起去看电影，我请你。不见不散！

读着那"不见不散",看着姑娘远去的背影,此君的眉头皱了,我也有人爱?真的假的?看她那副诚实样,不像有假,而且也不是一时的冲动,应该是早就留意我了。再说来作弄我这老夫子做什么?

可是,有什么理由?她凭什么理由爱上我?我又有什么理由能让她爱上?此君呆坐在椅子上,真是想爆了头也想不出一点儿理由来。

狗咬叁夜

汪汪汪汪，S先生正在做着梦，一阵狗吠将他惊醒，看表，凌晨1点20。S先生是脑力劳动者，晚上不容易入睡，这晚吃过几粒三唑仑，才刚进入梦境，被这一吵，已全无了睡意。

那狗是条老狗，拖着老长老长的声音，还在汪着。S先生听出是来自屋后那一家。本想前去跟屋主讲一下，可一想到屋主是那么一种人，便打住了。

那是一个大杂院，其实屋主也只有一个。一幢三层楼房，四围圈上了平房，形成了四合院式，租住着好几户外来户，有卖青菜的，有修自行车的，有骑三轮的，也还有一户是开农用车的。常常是半夜有人敲门，或是天未亮便发动车辆，搞得四邻不宁。而最不能容忍的便是那一汪的污水，由于那里是在繁华的大街背后，加上地势低洼，污水甚至于卫生间的化粪池也排放不出，只好留积在S先生屋后的一片空地里，臭不可闻。为此事，S先生也曾跟那屋主交涉过，要求他将污水处理好。你道那主人怎么说？

我的水流在我的地界上，你想管？你要管你就帮搞条暗沟吧。

为了空气的洁净，S先生也曾想过，花钱搞条排污沟。可因为那地势低洼，加之临街早已被楼房占满，要修沟，得花大钱，并且还要城建局的批准。S先生自觉掏不起，也办不到，便作了罢。不想今日的狗吠又是来自这一家。

　　S先生在无计可施的情况下想到了110，他们不是曾经向社会作出过承诺，有急难找民警吗？

　　S先生拨通了电话，称在子材西大街东段，连续几夜都有一条狗在吠。可电话那头一听是狗吠，便说这不是他们管辖的范围，而叫S先生找派出所。

　　无奈中，S先生低声骂了句变味儿了的110！S先生又拨通了派出所的电话。

　　接电话的民警却说，这是城建局所管，叫他找城建局。半夜三更的，哪里找得到？S先生便只好忍了，等明天再说吧。

　　可怜的S先生一夜未睡，好不容易等到了天亮，等到了上班时间，便给城建局打去电话。得到的答复是你都搞错了，这是属于市政的事情，你应该找市政局解决嘛。

　　S先生便又经过了查号台，找到了市政局的电话号码。可老半天都是忙音，好不容易电话打通了，那头却说，狗吠也找到了我们？你找城市察监去解决吧。

　　经过好一阵的翻查，S先生又找到了城监大队的电话。可是打过去又是好几次占线，到终于接通时，值班员又说，狗吠应该属于城市噪音，这是环境保护方面的事，叫他再找环保局。当S先生找到了环保局的电话，打过去，半天也没有人听，一看钟，原来早到了下班时间了。

　　S先生在想，环保局是不是最后一个单位了呢？或者，他们又将推给哪个局呢？当然，要推也还是有的，比如农业局，比如畜牧局，比如屠宰场，他们又都可以跟狗有联系的。

　　至此，S先生真的担心，这个问题解决不了，今晚又将是一个不眠之夜。

前朝遗老

这是一间只有六平方米的办公室。说是办公室，其实简陋到不能再简陋了：没有电脑，没有电话，没有饮水机，更没有空调，只有一桌一凳，并且，那桌的四条腿是三真一假，那凳是没有靠背的四方凳。

它的主人倒也不赖，一位标准身板的中年人，行伍出身，假如上镜，足可以跟少将媲美。这样的办公室，这样的设备，他已坐了两年多，好在工作不少，局里一应琐事杂事，就来找他：去，找伍司机。干起工作来，那日子过得挺快，这不，一晃就是两年多了。

本想留点儿悬念，可惜我不是做悬念文章之人，一不留神便露了马脚，将他的身份透露了。是的，他原来是个司机，是开小车的司机。他当过兵，在部队就是开车的了，因而他的车开得挺好。这么说吧，他开车十多年，行程20万公里，记分卡上没有一次扣分记录，因而上任局长看中了他。为了报答局长知遇之恩，他以局为家，以局长的需要为己任，一辆车在手上发挥到了极致，从没闪失，就连一只青蛙也没有辗过。

想那时，局长是市里的红人，他也跟着红了一半。

可天有不测风云，局长在即将提拔为副市长时，被上级纪委查出了问题，不但革掉了乌纱，还被追究刑事责任。

他有幸被留了下来。

能留下来就不错了，他很知足。于是安排他到这个办公室，他一点儿意见也没有，并且一门心思做好新领导交给的所有工作。

这个办公室就设在大门侧旁，一个小窗对着大门，进来办事的人还以为这是门卫室呢。只要他坐在这里，一切进出大门的人事，都看在眼里。

他坐在这里的第二天，他所开的小车，驾驶室便换了人。当然了，局长换了，司机是跟着要换的，但他很平静，平静到没有半点儿的异议和不舒服。想当年他不也是接替着别人而来的？接他位子的是个比他更年轻的小伙。小伙子因为年轻气盛，或者因为跟着新局长，觉得光彩，见面也不跟他打招呼，他也不怪，或者叫做见怪不怪了。他自知自己的境遇，也不去招呼他，以免有讨好之嫌。

不过，烧酒，成为他的解渴饮料了。

只是有一天，不知是怎么了，那车子突然停下来，那小伙子向他伸出了手，说：伍师傅，我姓陆，新来的，以后多多指点。

好，小伙子，好好干！他多少也显出了点儿激动。于是，他知道了，新司机姓陆。他觉得有意思，他姓伍，他的接班人姓陆，不过，他的前任并不姓肆，再下一任会不会姓柒？未可知也。

有了这句话，他便记在心上。哪天车子经过门口，他听出了异样，便好心找小陆司机及时检修。有一次还真让他指点准了，出门时叮嘱要注意前球轴。小陆司机在高速行驶中避免了一次因为机械而造成的事故，也挽救了自己与局长的生命。为此，小陆司机对他心存感激了。出车回来，有事无事总爱到这个办公室里来跟他聊聊。

伍师傅，这里太简陋了，跟局长说说，装个空调吧。

不了，有这样我已经知足了，不要再给领导造成麻烦。我知道，现在经费紧缺，要用钱的地方太多，领导也不好当。

在进进出出，说说等等中，日子便又向前推移了两年。

这天，办公室主任来到了他的办公室。他有点儿受宠若惊地站起来让座，因为在他的记忆里，主任是从来没有光顾过这间办公室的，有事只在门口或窗口叫一声伍师傅，他就立马奔了出去。

主任说，不用客气，我来是通知你，将桌子往旁边挪挪，这里多摆个桌子。好。有人要来？

是的，等下你就知道了。

他便将桌子挪到了墙边上，腾出了一个足有三平方米的位置来。一会儿，小陆司机扛着张桌子来了：

伍师傅，来跟你搭档了。

他一看那桌子，也有一条腿是断了的。心里便像被什么敲击了一下。他看了看小伙子，嘴张了张，没有说话。只默默地帮着小陆司机放置台凳。

怎么，伍师傅不欢迎？

小陆啊小陆，你要我怎么说呢？说欢迎嘛，这里又不是快乐大本营。说不欢迎嘛，我也没有这个权利。大哥只有一句话，既来之，则安之吧。

好，有这就够了。小伙子带气地说：妈的，一个局长当得好好的，怎么说走就走了？

这是人家官场中事，你我也说不清的。不过你还好，他是上调，还有希望，只要他出任个一把手实职，你还会风光的。老哥我就彻底没希望的了，知道吗？判了十五年，后半辈子就押给他了。说着话，又拿起酒瓶嘴对嘴地灌了一大口，然后递给小伙子，也来一口吗？

小伙子一手抢过，咕噜噜一下子灌个底朝了天，口里含糊着说：哥们儿，从此我们就是患难兄弟了……

烫手的山芋

早上接到一张罚单，夫人看得眼傻了：未经报批，擅自开工，罚款十万元！夫人慨叹：子民百姓办事可真不容易，动辄大放血，半生辛劳，有多少个十万？更何况，从报建到绘图，到测量，到申请准许证，还有城建监察，关关要钱，光这消防一关，仅为未经报批就得重宰十万。当然，这理亏的自然是我们，我们只知，搞建设是得先向建委报建，可不想消防也要在破土之前报批，否则，罚你没商量！当然消防是一定要办的，责任重于泰山嘛，可我们以为，是要在主体建设完工之后进行装修再报也未迟，谁知一开工便是迟了。

我说：筹吧。

筹你个头，去哪里找这十万？你以为是十元啊！

那有什么办法，除非不建了。

建，怎么不建？

可是……

还有什么好"可是"的？你就不能去活动活动，亏你还是个名人。

哦，真是一语惊醒梦中人，这倒让我想起了一个人，消防队的李头。虽说不上有什么深交，可平时对我左一个"作家"，右一个"老师"地称呼，这事由他管着，说不定还会有一线的希望。

直接来到消防队，办过入门手续，正好李头在办公室。进门是好一番客气：哎呀，大作家光临，蓬荜生辉啊。喝茶喝茶！说着，一杯香喷喷的绿茶递到了手上：说吧，大作家，有什么事劳你跑来？

是无事不登三宝殿了，夫人的工程挨罚了，想请你高抬贵手……

哦，为此事啊。我说大作家，不是我不帮忙，实在是让我为难了。你知道，最近从中央到地方，级级强调安全防火，这不？刚才还接到一个文件……

是的，我也知道防火的重要。可是，这十万罚款，叫我们怎么出呀？

你未报先做，罚是肯定的了，不过，确有困难，再想想办法看。

还有什么办法？为了这个工程，全部积蓄都花尽了，不怕李头笑话，我们现在已到了山穷水尽、家徒四壁的地步了。

看我们的大作家讲得那么夸张。李头笑得嘴角一扯一扯的，钱是死的，人是活的，你不是跟县长熟吗？我看这样吧，你帮我约县长出来吃顿饭，这事我帮你摆平？

真的？你请客？

那当然了。

好，一言为定。

一言为定！从大队出来，虽然是柳暗花明，可我并不感到轻松。

一头是面对十万罚款，一头是约请县长吃饭，都是煨红的山芋两头都烫啊。不过，要能免除这十万大洋，就是赴汤蹈火也在所不辞。

在李头面前击掌为盟，可细一想，他要请县长，必是有事相求，要是好请，那他为何请不来？现在当官都这样，吃饭也不是件轻松的事哟。正因为不轻松，县长能轻易践约的吗？虽说我们关系还不错，可那都是因为写作上的君子之交，平时作诗为文，搞文字游戏，嬉笑怒骂，指桑说槐都可以，可一旦要搬动县长出山，看来没那么简单，别看是"七品"官，可于一百多万人口的本县，到底是一人之下百万人之上啊。不过话又说回来，为了这十万大洋，也为了夫人的工程过关，这块山芋就是再烫也得拿下！

于是我想了好几套约请县长的方案：

——请他到本市最高档的香格里拉大饭店去吃大餐。花多少钱没关系，反正是人家埋的单。不过转而一想，行不通，现在的官员，什么高档饭店没上过？什么大餐没吃过？又不是家乡的农民叔伯，见着大鱼大肉就流口水。

——请他到最浪漫的酒家红玫瑰去。听说那里不光是吃饭，还有K歌、桑拿、按摩、泡脚。酒至三巡，找个如花似玉的小姐陪陪，有什么不高兴的？可是，一"可是"就自己推翻了。你当县长是什么人了？堂堂的一县之长，怎么好在这灯红酒绿、声色犬马的地方出现？万一他不高兴，那是吃不了兜着走啊。

——请县长的顶头上司。就请市长大人，市长大人来了，你县长还不立马过来？可是，可是，可是我一介布衣，又怎么请得动市长大人？连请个县长都煞费苦心，要请市长还不是异想天开了吗？

——还有一张牌，李老教授。李老教授是县长的恩师，只要此老出山，县长应该是会给面子的，再说过几天不是教师节了吗？哪级行政长官不在此节日之际关爱一下老师呢，就算是作秀，也会的，不见我们的市委"一哥"还亲自撰文祝贺人民教师节呢。

对比之下，我还是觉得这个方案可行。加之我跟教授也算是莫逆之交了，这点儿小忙想必是会帮的。

不过，真要搬动这尊活佛，我还得割爱了。教授好久以前就对我家那方端砚表示了十分的兴趣与爱慕，看来这次只能用出去了。

我又一次回到书房，久久地抚摸着这古老的端砚，心一阵紧着，随即便释然了：打儿不摸，摸儿不打，豁出去了，谁叫这山芋那么发烫？

提前悼念

大年前后,李四有几位好友不幸离去。老四都不在家,没能出席他们的告别仪式,李四便写了悼念文章,分别发表于日报或晚报上,以寄托哀思。真可谓是三百六十行,行行出状元了,不想这些文章见了报,老四竟是小有名气了,见着的人都说老四的文章真情实感,读后让人落泪。也有人说,老四的文章弥补了许多死者生前不能实现的遗憾,这话都是由那些死者家属说的。总之,李四是因此而出名了。

出了名的李四还是这样生活着:上班报到,爬格子(现在改为敲键盘),开会或外出,到处转转,下班哄小孩,看新闻,还逗小狗,生活刻板并有乐趣。周而复始,夜以继日。

这晚照样与小孙在阳台上逗着可爱的小狗玩。阿姨说有人来找。

有人找我?老四觉得自己好像有些被人遗忘了的,连热火朝天的春节慰问都没有人来过问过一下,谁在这时记起我这个老古董来了呢?

打开门,见是单位的同事张三。

老四你好自在呀。

都到了这个年陈了,还能怎么?就这样呗。

采菊东篱下,悠然见南山,令人羡慕啊。

羡慕我?老四哈哈一笑,你老兄想必是有什么事吧?

无事就不兴过来看看了吗?张三说,都怪我平时少来了,一来你就认为准有事，也是的。

也是。不过，你的眼睛告诉了我，你是有事。

真是没有什么能瞒得住你老兄了。张三只好说，怎么说呢，是想求你点儿事。切，我们之间还说什么见外话？什么求不求的，只要我李四能办到的，好说。

这事就只有你能了。

说吧。

是这样，你帮我弄个悼念文章吧。

谁？

我呀。

发什么神经。悼念是什么时候用的，这你清楚吧？你这肉身，能把老虎镇住。我当然清楚了。不过，谁又能说得上什么时候？一旦倒下来了，我怕……

真有那么一天，再写还不迟。那才是真正的悼念。

不，我就是要现在就写好。

我不会为一个神经病写的。

你看不是？当面来求你还不干，到我倒下了，你还会写？唉，都说是人走茶凉啊。

看来你真是发神经了，我给你家里人打电话，送你精神病院去吧。

不要，不要。我这是认真的。张三认真地说，你看我们的前任老总，生前多少人巴结，死后像条狗，连送别也没几个人到场，一个个像避瘟疫一样躲着。你是要批评我？

不。我不是说你。我知道你跟他没有太深的交情。我是说我们单位那些白眼狼。我不是也写了？

是啊，人们都说，有了你这篇悼念文章，老总总算可以安息了。因而我也想，趁着现在还好，你先给我来一篇放着吧，到时让我儿子拿出来……

是这样。可还没有先例啊，叫我怎么写？

你就这样这样吧。

可你还没死，我是怎么也写不出来的。

你看又来了。你不会闭下眼，就将我想象是死了来着。

可是你不死，我真的写不了。

可是，你如果不给我写，我是死也不安生呀。

你太让我为难了……

这么吧，我不会让你白劳神的。张三掏出了一沓纸币，算算有五百元。这些就算是给你的稿酬了。

你都当我是什么人了？李四推了回来。

嫌少？那再加两张。按中央级的标准了。

你就给我加十张，我也不会写的。除非你真的死了……

哦，那好。我们说好了，我这就回去死。

真是越说越离谱了，我看你真是发神经了。快通知家人吧。

不，我说的都是认真的。与其死后没有一点儿的安慰，还不如这样？

真是拿你没法。

这么说，像答应了？谢谢，谢谢。

我几时答应了？我只是说看能不能写得出来。

能的，只要你答应了，谁不知道你李四一支笔，能让死人超度啊。

威　风

公司办砸了一单事，具体说来是昨天的一单生意砸了，输给竞争对手。老大正在发气。

老二刚进门，张了张口：这件事……

还这什么这？脓包，全他妈的脓包！怎么全世界的脓包都塞到我这里来了？

老二只有把想说的话吞了回去。乖乖地站在一旁听训。老大还在一个劲儿地数落，那两片嘴皮子喋喋不休的，真像一个泼妇。至于后来都骂些什么，老二根本不往心里记，或者说根本就不往耳里听，反正是骂没好话。他跟老大多年，也深知这位老兄的脾性，他是绝对的大哥，他要骂你，就容不得你有丝毫的不服气，而且，只要你乖，只要你听话，只要你不顶嘴，任由他骂够了，发了一通的气，也就什么事也没有了。

只是要是外人听到，确实不雅，什么脓包、饭桶、废柴、还有国骂、市骂、家骂都应有尽有地上。要是第一次听到，肯定认为此人太下作、太低档、太贱。也会认为，被骂的人太没血性、太脓包、太饭桶、太废柴。不过要是了解情况的人，也就释然了，因为公司是老大一手创办的，从发起到资金到运作，都是他一人的功劳，也就是家天下吧。老二、老三、老四，统统都是他的马仔，在公司，他就是绝对的权威。他的话就是圣旨，他的口就是金口。

好了。老大骂过了一阵，不知是口累了，还是有事，挟上黑皮包，跨上宝马一溜烟儿走了。

老二便坐了下来，伸开双腿，点上支烟，狠狠地吸了几口。

老三来了。

老三你过来，你他妈的是怎么搞的，到了现在才到，你看看都几点了？

几点？不就是超了十分钟吗……

哦，十分钟，你这么轻松。在香港在日本，十分钟就要炒你的鱿鱼。你他妈的到底昨晚到哪里泡了？泡了几个？你他妈的公司的事不放心里，总是去泡妞，十足的脓包一团，饭桶一个，废柴一堆……

老二是拣了现成的，将刚才受了老大的气，全都发给了老三。

老三的嘴角扯了扯，顶话出到了嘴边，却又被老二一顿铺天盖地的骂声噎了回去。你他妈的还不服，你是不想活了，老子在老大面前只一句，就叫你执衫包回家捂牛屎窟……

于是老三也只好忍住了，他也知道这个老二是开罪不起，在老大不在家的时候，总是老二说了算，俗话说现官不如现管，光棍不吃眼前亏，有什么还是忍字为上。虽然忍字头上一把刀，那滋味是不好受的，可小不忍则乱大谋。

老二也骂累了，也挟上黑皮包，跨上他那马自达，一溜烟儿走了。

老三便可堂而皇之地登堂入室，大大咧咧地坐在他的第三把交椅上泡上一杯铁观音。可是摄好了茶叶，一看，水没了。便高声呼唤：哪儿去死了？

"死"音刚落，一个小伙立时来到他的跟前：老板，有什么吩咐？

他妈的，还吩咐？一早死哪儿去了？各守本分，你看你，连这水都不能保障，你他妈的想渴死我吗？渴死了我，也还轮不到你这小瘪三来接位子。

老板，是我的不对，我这就去打……

他妈的，一句不对就解了？你他妈的睁眼看看，老子是什么人？他们

· 148 ·

出去之后，老子就大王，大王你懂吗？表现不好，老子就可以……

知道了，老板，大王就是国王，是谁也不能得罪的一国之王……

他妈的，你想找死，谁说我是一国之王了，你想向老大打小报告吗？告诉你，想找死！

不不不敢……

谅也不敢。老子不要茶了，快去帮搞听红牛来。

小伙得令飞也似的跑了去。

老三感到了心和气顺，一下子仰倒在沙发上，跷起二郎腿。"苏三离了洪洞县……"，五音不全的京戏洋溢了公司的空间。

小伙子在路上绊中了一块石头。小伙气不打一处出，倒退了十多步，一个猛跑冲上去狠狠一脚将它踢出了老远。去你妈的！

乡长献血

血库告急：只剩下3000毫升的血浆了！

3000毫升能做什么？只可以解决一个病人，要是出现第二个就不堪设想了！

动员献血。

无偿献血。

书记作过动员。却只有一人勇敢地伸出了手臂——新任乡长李蓝田。

这边，李乡长的血汩汩流进血库，那边广播里便传出了乡长献血4000毫升的新闻。

哗，出手就是两大千！

乡长才100斤，竟然抽了4000毫升？

赶快补补，否则血亏不好办哪……

于是，进出乡长家里的人多了。

乡长晚上回来，家里的地上，爬满了一地的活物：天上飞的有野水鸭、麻婆鸡、七彩野鸡、云顶鹧鸪；水里游的有南流江甲鱼、茅尾海白鳗、红树林青蟹、石头埠对虾；地上爬的有红边金龟、高岭蛤蚧、上树油蛙；还有散发着浓香的山参、灵芝、冬虫夏草等等。

哦，夫人在递给乡长这些名单的同时，还附有一沓牛皮纸信封，一个个都沉甸甸的，并附有字条：乡长，看到你献出了那么多的血液，我们都很心疼，不知道买什么给你补养身体好，就这些心意，望笑纳。要知道，你的身体不属于你自己，是我们松柏乡人民的啊。

实在是感人至深啊！

乡长一见，却是淡然一笑：这帮龟孙子，一个个就知道做这种事，献血车来了，却一个个成了缩头乌龟，难道献个几百毫升血就会死人不成？

乡长给纪检刘组长打了电话。

刘组长急急赶来，一看地上的物件和名单，眼也傻了：

怎么办，乡长？

我知道怎么办还找你来？

也是。我看这样吧，叫他们来认领回去算了。

不能便宜了这些人。

那你说怎么办？

把这些人都通知过来，再来一次动员，现场献血。属于野生保护的放归自然，钱和物就送给五保村。

好啊。只是你……

你又来了。我大男人一个，不就是抽了4000毫升吗？让我好好地睡上一觉吧。

第二天，献血车再次来到松柏乡。

结果满载而归。

小山村

　　小山村，树绿，水清，开门见山，山路弯弯，早有鸟儿啁啾，晚有山雾缭绕，虽然远离城市，缺乏城里的物质文明，可他们却也一代代地繁衍了下来。

　　小山村是和谐的。小山村有一个杂货店，这就是城里的百货、商场、超市；小山村有个肉摊，这就是城里的菜市场；小山村有一个小酒馆，这就是城里的饭店酒家；小山村有间小屋，小孩在这里认字，这就是城里的学校；小山村还有一个卫生室，这就是城里的医院。而我的故事，就是从这卫生室里发生的。

　　卫生室的主人是个中年汉子，叫什么来着，这并不重要，重要的是他那手绝技，那是从祖上传下来的，到了他，已是第四代传人了。不过总得有个称呼才好叫吧，那就叫他医生吧，因为在小山村，他是独一无二的，绝没有人跟他重名了。

　　医生的拿手技术是治疗各种疼痛，凡腰痛、腿痛、手脚痛，腰椎增生、坐骨神经及各种无名肿痛，经他治疗，没有不好的，这是先祖传下的绝技。与其说医生的医术高明，不如说是医生的药物独特。凡此疼痛，医生总要使用一种很独特的草药叫一粒珍珠，也叫一粒金丹。这是一种根本植物，只有小黄豆大小，刚从土里挖出时，呈银白色，就像一颗珍珠，而经太阳一晒，便慢慢变成金黄，活脱脱一颗金丹。看不出这颗小物竟有那么多神奇功能，渗透、镇痛、安定。凡痛得咧着嘴来，经过一番拨弄，多是笑着走出去。

　　据说是医生的先祖当年游历海南，在五指山奇遇上的。到了医生手上，已传了四代。几代人都有着极好的口碑，为人解痛，不图不取，一家人始终住着那座低矮小瓦房。不过小瓦房也没什么不好，小山村人也都是住这种小瓦房的。

　　当然，既是小山村独家医院，单一个独头丹方还是不行的，见天有几个这样的病人？多数的是感冒、发热、伤风、咳嗽等常见病，于是，医生也就附设了内科、外科、儿科、妇科，这样一来，每天看病抓药的人就门庭若市了，特别到了刮风下雨天过后，小小的卫生室便是水泄不通了。

　　不管怎么，医生总是有条不紊地工作。他在门口设个排队处，那排队方式竟也独特，每人一块瓦片，或方形或长形或矩形或不规则形，上面也用瓦片写着一个号。瓦片作笔，瓦片作纸，写出的号码倒也清晰可辨。每次进来一个人，只要你拿出瓦片，那号码是不会错的，依次顺序，不乱不弃。来的都是本村本乡的人，再急也得排队，除非别人主动让你，否则还真不好意思往前插队。

　　医生的瓦片，成了小山村的次序规则，换到其他场合，凡人多了，村人也就提议，用瓦片，那就是排队了。

　　这方法挺好，这些年坚持下来，没有争拗，没有矛盾，小村人一团和气，日出而作，日落而息，饿肚吃饭，病痛抓药，没有些丝的紊乱。

　　时代在发展。到了近年，小山村也通了公路，也就是县里不知出于何种目的，花大力气修了条进山的路，虽然顺山而弯，顺水而曲，可毕竟可以走车，见天那种拍拍响的拖拉机出出进进，偶尔也进来一辆小轿车呢。

　　是的，这天就来了辆小轿车，贼黑贼黑的，一直开到了卫生室门口。车里下来一个年轻人，再转来右边的门，扶出另外一个人。被扶的是个上了年纪的男人，头发都变白了，看他一手支着腰胯，一定是痛得不轻。医生正在给村人看病。门外集着一堆手拿瓦片的村人。来人自然没有瓦片。坐在最外边的黎三盯那小车看了一眼：是来看病吗？

是啊，不来看病跑这儿来干什么？

是的，不看病来这儿干什么？说得平常，可村人都不大喜欢这种大大咧咧的样子。黎三随手递给他一块瓦片。他却不要，挤到前面，先是掏出烟，顺手抽出一根，塞到医生嘴上，随手将打火机伸过来，不由你不抽。一口喷出来的白烟，使得整屋都香了起来。医生说，是啥烟，这么香？

香吗？那就留你慢慢抽。那人将那包烟放到了桌上，告诉你，大中华，三元五角一根。

啊？那可不敢要你的哟。

那算什么，我们来路远，先帮个忙，让我们看吧。医生稍作为难地看了看外边手持瓦片的村人。村人见来人也不多，就一个，也就默许了。

大概一刻钟，看好了，那人将一张大票留在桌上，说够了吗？

要不了这么多，我找你。

不用找了。说着便扶起男人往外走。外人走了，瓦片又恢复了正常。

过了几天，那车那人又来了。照样是不用瓦片，照样留下一包好烟，照样先看，照样是给了一张大钱。只是在走时，问医生要了这里的电话。

以后的日子，好几天没见那人那车来了。这天有人跑来叫医生到大队部去接电话。医生停下了正在看的病人，出了去。好一会儿回来，跟村人说，真对不起，我有点事儿得到城里一趟，明天回来。说着收拾东西，匆匆出门。村人便只好将手里的瓦片放下，反正也没啥大病，明天就明天吧。

到了第二天，医生真的回来了，还是那辆贼黑贼黑的小车送回来的。于是瓦片又派上了用场了。大概又过了十来天，那辆贼黑贼黑的车又来了，是那个开车的单独来的。医生看看手拿瓦片的村人，虽然眼里掠过了一丝的内疚，还是上了那车一溜烟地走了。从此，医生十天半月也没回来一次，回来也是匆匆地小住一夜，第二天又走了。村人也再不用瓦片了。

半年之后，小山村里出现了一幢小洋楼，那是医生家的。

小洋楼面对小瓦房，鹤立鸡群，自成风景。只是村人每每路过，那眼睛总是斜视的。

有狗之家

这天黄昏，日落得挺快，天气闷热得可以。人们自发地在街头相聚，正聊着什么。

李家的狗汪汪地叫了起来。一汉子款款而来，笔挺的西服上顶着个梳理得光滑的头颅，走起路来挺潇洒的派头。当他走过了人群，还回过头来看着诸位微微一笑，那感觉是一种洒脱和大方。人们便对着他的背影议论开来：

你看这小子像是做什么的？大学生吧。

干部吧。

不，我看是哪个大酒城的生员。

我看倒像个经理什么的。

我看像个贼。团坐之中，亚邓语出惊人。

不，不，不，什么都有可能，可就不像是贼。

不一会儿，李家那狗又叫了起来。这个大学生或者干部或者经理或者生员或者贼又折了回来。仍然是对大伙微微一笑，走过了，人们话题还在继续。

你猜得太离谱了，哪有这么潇洒的贼！

就在这一夜，就住这条街的一个住户失盗了。并且还是个警察之家。而且，警察开回来的警车就停放在门前呢。

这还得了，竟然偷到警察头上来了！东西虽然不多，可那影响却极坏。于是，公安局将这列为重点来侦查。

经过了好一番艰苦卓绝的排查，将城区里所有有过前科的梁上君子都作了过筛，还是没有结果。为这事，派出所没少挨公安局的批评。

你们都是吃干饭的吗？这么一起大胆的盗窃案都破不了，怎么向老百姓交代？

刘所长可算是老革命遇上了新问题，整个人都瘦下了一圈。这天，他便又来到了案发的街道，又一次进行了现场踏勘。

这是一条新街，说是街，还不切实，充其量只能算是条巷，它的一头连着大街，另一头是条水渠，全长也不过三十米。失盗之家在南边，主人是在区公安局的一位老同志，大门是那种用铁条做成的防盗门，晚上门前停放着辆警车。它的对面是幢六层楼房，楼体显得十分雍容显赫，只那大门是板木结构，两只不锈钢门环像两只闪烁的大眼睛。门里有条狗，人来时，发出挺深沉的汪叫，听声是条大狼狗。当刘所长访问到那晚纳凉的群众时，还是亚邓反映了个情况，就是他觉得那个西装青年可疑。刘所长根据亚邓的描述，第二天便抓到了那西装青年。

西装青年是在另一起案中抓获的。审讯中，西装对自己的犯罪事实供认不讳。

当问到他为什么不偷对面那富户，而要偷窃警察之家时，他是这样说了：

原本我是瞄准那家的，那家是个富户，挺有油的，可他家养了条狼狗，便改变了主意。

再问：难道你不知道这是个警察之家？

答曰：怎么不知道？他家门前就停着辆白老鼠呢。

再问：那你是不怕死吗？

不是不怕，死谁不怕？只是我认为偷这家肯定死不了。

那又是为什么？

不见他门前有警车吗？

第二届家委代表大会预备会纪实

会议时间：2007年9月6日（星期四）上午

会议地点：建设花园B座一单元402室会客厅

大会主席台上摆了好几个牌位，一位主持人坐在其中：

"各位代表，为构建和谐家庭，发展家庭经济，以达到构建和谐社会繁荣国家经济之目的而举行的第二届家委代表大会，经过充分地筹备，各方面工作均已就绪。现在举行预备会议。本次会议应到代表6人，列席代表4人，嘉宾2人，实到代表6人，符合开会原则，可以开会。这次预备会的内容有：

"一、报告大会筹备工作情况。下面请上届家委会第一副主席廖国凤同志发言。（省）"

"二、通过代表资格审查情况报告。下面请上届家委会第二副主席刘少龙同志发言。（省）"

"三、通过大会主席团成员和秘书长、副秘书长名单草案：本次大会共设主席团成员三名，他们是：刘少虎，男，40岁，大学学历，曾任第一届家委会主席；廖国凤，女，36岁，大专学历，曾任第一届家委会副主席；刘少龙，45岁，中学文化，工人出身，曾任第一届家委会副主席。秘书长由廖国凤兼，副秘书长由刘少龙兼。"

"请代表们审议。"

约三十秒后:"大家对主席团名单和秘书长、副秘书长名单有什么异议吗?请发表。"

约三十秒后:"无异议。下面进行表决,同意以上名单的请举手。请放下。不同意的请举手。没有。弃权的请举手。没有。一致通过。请鼓掌。"

"四、通过列席代表名单,本次会议共设列席代表4人,他们是:刘勇安,男,65岁,本家老一辈;王成娟,女,63岁,本家老一辈;廖锦章,男,64岁,外家公;陈红袖,女,60岁,外家母。"

"大家有什么意见请发表。"

约30秒后:"没意见。下面进行表决,同意以上同志为列席代表的请举手。请放下。不同意的请举手。没有。弃权的请举手。没有。一致通过,请鼓掌。"

"五、通过大会嘉宾名单。本次大会特邀嘉宾2人,他们是:林立明,男,51岁,媒公;阮雅芳,女,42岁,媒婆。"

"请代表们审议,有意见的请发表。"

约20秒后:"没意见,进行表决。同意以上二人作为本次会议特邀嘉宾的请举手。请放下。不同意的请举手。没有。弃权的请举手。没有。一致通过。请鼓掌。"

"六、通过大会议程草案。"

"1. 大会定9时38分准时举行第二届家委大会开幕式。主持人:刘少龙。"

"2. 廖国凤同志致开幕词。"

"3. 嘉宾代表阮雅芳同志致贺词。"

"4. 宣读各家委及其他团体贺信贺电。"

"5. 刘少虎同志作关于第一届家委会的工作报告。"

"6. 刘少龙同志作关于第一届家庭经济收支情况报告。"

"7. 廖国凤同志作关于家委会章程修改的说明。"

"8. 举行第二届家委会选举会议。"

"(1) 通过家委会章程修改草案。"

"(2) 通过本次家委会理事会组成的产生办法草案。（由阮雅芳同志宣读。）"

"(3) 通过本届家委会理事会组成人员建议名单草案。"

"9. 召开第二届家委会第一次理事会（新当选的理事会成员集中到家庭小餐厅开会）。"

"(1) 通过本次家委会主席团选举办法草案。"

"(2) 通过总监票人、监票人、计票人名单。"

"(3) 选举第二届家委会主席团主席、副主席。"

"(4) 通过第二届家委会理事会秘书长、副秘书长名单。"

"(5) 通过第二届家委会名誉主席、名誉副主席名单。"

"10. 举行第二届家委大会闭幕式。"

"(1) 宣布第二届家委会主席、副主席、秘书长、副秘书长名单。"

"(2) 通过大会工作报告决议草案。"

"(3) 老一辈领导作重要讲话。"

"(4) 廖国凤同志致闭幕词。"

"11. 到小区门前草坪合影。（参加者：全体与会代表，包括正式代表和列席代表，特邀嘉宾）。"

"12. 到白海豚酒店共进晚餐，以贺大会圆满成功。（参加者：全体与会代表，包括正式代表、列席代表、特邀嘉宾）"

"13. 晚上举行家际文艺晚会及焰火晚会。"

"请代表们对这个议程进行审议。有意见请发表。"

约三十秒后："没意见。下面进行表决：同意的请举手。请放下。不同意的请举手。没有。弃权的请举手。没有。一致通过。请大家鼓掌！"

著名歌星

细三对走红歌星崇拜得要死。音像店里每有专辑，不管是正宗流宗，她都要买。家里的歌星盒带，足可以开个博览会了，她还是不停地走街串店，还托熟人出差时到所有的大城市去帮着买这买那。

细三的家里还有一景，那就是歌星的彩照。墙壁上贴满了男的女的大的小的中的外的各种人像画片，影集里也全都是歌星的图片。要是今晚的电视有个演唱会什么的，她便什么也干不上手了，早早就等着那电视的开映，那痴迷的程度比一个足球迷有过之而无不及。

这一夜她看到了一则电视广告，激动了足足一个星期。说是歌星常弘要随国家歌舞团来南国演出。北海钦州防城被称之为北部湾金三角，国家歌舞团就是要作这环北部湾演出。好在这三个城市相隔就在一百公里以内，这样，细三便下了决心，一定要跟着这位歌星跑完这三角区，一场不落地把这次演唱会看完。要知道她细三看的都是电视或照片，这次有幸见到她所崇拜者的真容，能聆听到她所崇拜者的真声真喉，她只觉得她是最幸福的了。

歌星演唱的第一站是被誉为北部湾明珠的北海市。细三早早地来到了北海，想方设法买到了票，之后还特意地买了一束鲜花捧在手上。

好不容易等到了演出开始，可是她所崇拜的歌星却迟迟没有露面，一味的珍珠呀大海呀开放呀前进呀她看得厌倦极了。当主持人报说下一个节目由青年歌手常弘为北海人民演唱时，细三整个地激动了。啊，她所崇拜的人就要露面了！

一阵激越的音乐之后，一位身穿着白色军服的男子，手拿话筒，踏着轻快的步子出场了，全场顿时响起了热烈的掌声。哗，果然是明星风采！

一支《三百六十五个祝福》沸腾了整个剧场，直把观众的手掌都拍麻了。坐在前排的青年们还拉出了巨条横幅"常弘我们爱你"、"请再来一首"。少男少女们轮番地上台去敬献鲜花。细三也不失时机地把手中的鲜花送到了歌星的手上，并激动地同她所崇拜的歌星握了手。一曲成功，歌星一手抱着鲜花一手拿着话筒慷慨陈词："今晚我觉得比春节联欢晚会上唱得还好，为什么呢？是因为我喝了北海出产的银安淡泉水，嗓子特别的好。"说着话，歌星又在场上当众喝了一口，然后又高歌一曲《掌声响起来》，场上的掌声也真的跟随着明快的音乐节奏响了起来。

第二晚，歌星又来到了称之为古天涯的钦州市。细三也跟着来到钦州市。开演前，细三也到鲜花店里买了一束鲜花。

看来这《三百六十五个祝福》是歌星的保留节目，在钦州，歌星也是以此开头。一曲下来，自然又是一番表白："我觉得今晚比春节联欢晚会唱得还好，为什么呢？是因为我喝了钦州出品的钦宝矿泉水，嗓子特别的好。"自然他又获得了阵阵喝彩并收受了不少的鲜花。自然又是一支接一支地唱下去。

只是细三手中的鲜花一直没有送上去。

第三晚在防城演出。防城是细三的家乡。奇怪的是细三连进剧场的兴趣都没有了。

抓　贼

　　这个世界就是这样的奇妙——往往，佳肴与狗屎同一个食袋，香花与毒草同一个苗圃，银鱼与乌贼同一个水域，罪犯与警察同一个门洞，贼与庄户同一桌吃饭……人和魔鬼，交织在一起。

　　不信请看——百万饭庄，那进进出出的人流中，就有他和他，他们在同一个餐厅里甚至是同一个饭桌上用餐，他喝啤酒，他也喝啤酒。而且，他们还猜了码，那"出五喊三"的声浪是一浪高过一浪。他们也许是认识，也许根本就不认识，是啤酒将他们连在一起了。

　　再请看梦的娇夜总会，他们虽然是从不同的方向进来，可他们踩着一个共同的舞点，又蹦到一起来了，他向他点了点头。他也向他点了点头，于是他们就面对面地蹦了起来，东歪西扭，摇头晃脑，一来一往，看他们多忘情，配合得天衣无缝。

　　又是一个不眠之夜，他们又在柯尼桌球城不期而遇了。他先来，他把球打得得心应手，博得旁人一阵阵的喝彩，正在打遍天下无敌手时，他来了，持棒上场，两强相遇，真可是难解难分。

　　第四夜，他们分歧了。可这个世界就是那么的奇妙，说是分歧，而最终他们也还是搅到了一起来了。

　　先说第一个他吧，他吃够了，玩够了，今晚他要实施一个行动，抓贼。三天以前那个晚上，他在房里睡觉，天亮起来，裤子不见了，一看那窗户开着，便明白了，是贼取走的。当然，口袋里的钱也就随之而失去了，那可是他一个月的工资哟。他的心疼着，便于第二个晚上，下决心要把贼抓住，他拿了一根小绳，将另一条裤子拴了，一头牵在手上。他决定，就是不睡觉也要将贼抓到。朋友老三来邀他去玩儿，他说没空儿。老三看见他抓裤子简直笑弯了腰，他说，你这样是不会抓到的，听我说，你就放心去玩儿，贼是不会来的了。他说，不来？不来我的钱不是注定要丢了吗？那也未必，不过你听我说，今晚、明晚、后晚你尽管去玩儿，玩完后再抓，我保证能抓到。为什么？你没听说"做贼不复宗，复宗被打穿头壳窿"吗？昨晚刚来偷过，怎么他也不会今晚又来的，不过，他一定还会来的。于是他听了老三的。便去了百万饭庄，去了梦的娇夜总会，去了柯尼桌球城。

老三说，今晚他有了预感，贼会来。于是，他便拴起了裤子，在守株待兔。

按说他也不是惯贼。只是第一次作案顺利得手。他高兴了一阵子，他想，这家伙睡觉也太没警惕了。不过想想也是，如果他有警惕的话，那我怎么会得手？一个顺手牵羊得了一千多，本想再来。可他想起了平时的一句话，"做贼不复宗，复宗被打穿头壳窿"。便歇了手。或者说该享受享受了，便来了百万饭庄灌啤酒，来了梦的娇蹦迪，来了柯尼桌球城打球，而每到一处，又都遇到了一个对手，或者说是知音。当然，他并不认识他，他也不认识他。到手的不义之财挥霍完了，他便又想到要偷。在选择行窃的目标时，他便又想到了那个窗户那条裤子，当然他也想到了那句"做贼不复宗"的古训。可是，在资历不深的他看来，除了这个曾带给他幸运的地方以外，似乎一时也找不到什么更好的地方了。再说，经过了几晚的紧张，按说，他的防范也应该放松了吧。于是便抱着侥幸心理，蹑手蹑脚地来了。

远远地，他看到了那个窗子的门不关，并且，里边黑洞洞的，他的心便狂跳起来。真是天助我也。站在窗口的一刹那，他左看右看没有人，便探头往里瞧，一条裤子搭在椅背上，他的心更跳了，便伸手轻轻将裤子牵了出来，不想那裤子却拿不走，突然间，里边一声"抓贼"，外边的老三扑来，将他一下按倒，里边的他掀亮了灯，出来一看，原来是你呀。

他也感到突然：是你？对不起了。

牛哥敬礼

这里本来是个地区所在地。这个城就稍微比县城大了一点点。现在改市了，一切又都得向城市看齐了。别的不说，就说交警吧，那分工比以前细多了，有专管道路的，有专管街道的，有站交通岗的，有专管违章处罚的。单这违章处罚，也分得挺细。比如他吧，就是专门负责查处"四超"的。

所谓"四超"就是超高、超宽、超长、超重。

他有个很响的名字，叫牛大杰。只是平时人们都不直呼，多管他叫"牛哥"。一旦叫了起来，是男人叫，女人叫，青年叫，少年叫，甚至于一些比他大的阿叔阿伯也都这样叫。他也不计较，反正在他听来，觉着是对他的尊重。不是么，要是有人当街当众大呼"牛大杰"，他还觉得不舒服呢，除非是在选举会上。

能让众人都称"哥"，当然还跟他所管辖的工作有关。哪一天在街上逮着辆超宽的卡车，只见他对着司机敬个礼，那司机便"牛哥牛哥"地叫个不停，而且还一个劲儿地递烟点火。那一天在路上拦下了辆超重的大车，又被老板"牛哥牛哥"地往路边酒店里拉。酒足饭饱出来，兜里还胀鼓鼓地塞了几包"红塔山"或"大中华"。那一次在进城口查扣了辆超员的班车，司机叫他"牛哥"，他敬上个礼，却不说话。老板也出来叫他"牛哥"，他又是一个敬礼，也不说话。直到那鲜花一样的售票员上来，那一声"牛哥"叫得莺啼燕语，他才放下了高举的右手，接过了一个红包，才让那大龙江扬长而去。因此，地方上都这样说，天上最怕打雷下雨，路上最怕牛哥敬礼。

还有话说：牛哥一举手，司机抖三抖；牛哥二举手，赶快稳（找）路走；牛哥三举手，一车货没有。

牛哥敬礼是出了名的。

最近，牛大杰盖好了新房，是双铺口那种，从地到天共是五层半。这天他要搬家。从老屋到新屋，得经过市区的主干道——海湾大道。就因为要经过这一大道，他老婆去请车，那些卡车老板都不敢答应。谁不知道装运家具免不了要四超的，而且还得途经市区大道，按规定，卡车白天被禁止通行的。

见老婆都去了半天，还没看见有车来装载，牛大杰便只好亲自出马了。

当牛大杰的身影出现在车场时，一个个司机都瞪着仓皇的眼睛看着他，生怕他突然对你敬个礼。

他没有对任何人敬礼。他只浏览似地扫视了一下那些排队等雇的车辆后，用手点了两辆："你，还有你，跟我来。"

被点的司机只好发动了车辆，跟着他的警车后面，来到他的老屋。

当搬运工将两个大立柜抬上了车，那柜高高地超出了车厢之上，那司机便说："牛哥，你饶了我吧，这不是超高了吗？万一被查扣，罚款不在说，我的扣分卡没几分了呢。"

只见他眼一瞪："查扣？谁查扣？放心吧，查扣我的人还没出世呢！"

司机便壮了胆子："好，有牛哥你这句话，装吧，戳到天上老子也不怕了。"

牛大杰顿了一下，说："不过你也不要高兴得太早了，这次归这次，下次可……"

"够了，有这一次就够了，终于我们这些车佬也有做大的一天了！"

做一回上帝

小瘟四终于还是逃不过被开除的命运。小瘟四在这间店里服务了三年多，工作表现时好时差，总之是没有得到老板的赏识。没得老板赏识的主要原因是小瘟四太精了。老板都不喜欢过于精的人，老板喜欢的都是实实在在干活儿，不很讲究得失的人，也就是小瘟四认为的傻子。小瘟四认为的傻子，实际上是不傻，而小瘟四认为自己是精仔，实际上自己在老板的眼里就是傻子。这里面包含着很深的哲理，用小瘟四的现行思想是永远也看不透这一层的，这正是争是不争，不争是争。

这是一间不算大也不算小的饮食店。不大，是指它的规模及规格，服务员工不是太多。不小，也是指它的规模和规格，工作人员也不算太少，也就是大不到靠班长来管理，而小不到老板没有不认识的。这样的规模和规格，就最能考验一个人的表现，即你做多了，老板看到，你做少了，老板也未必不知道。精仔和傻子同时混杂。小瘟四的亏就吃在这个份上。比方说，工作时间，老板规定为八个小时，可未到点，小瘟四就提前做好了下班的准备，收拾好自己的东西，到点就开溜。表面上看上干足了时间，实际是利用了上班时间做了自己的准备。而不像老五，老五常常是在下班时间到了，还在做班上的收尾工作，然后才收拾自己的东西，这一来一往，就有至少半个小时的差异。小瘟四每每离开时，总对老五含有讥诮之意，那意思是说你老五大傻仔一个。可不知道，自己却早已陷于做傻事而不能自拔，这不？被开除了不是？

因为没有本领，小瘪四就是专门供人使唤的家伙：老板使唤他，师傅使唤他，服务员使唤他，连看门口的也使唤他。

开除就开除吧，小瘪四也没有感到太痛苦。此处不留爷，自有留爷处。想我瘪四精仔一个，到哪里不是被使唤？

给工资吗？小瘪四这样问老板，其实他是心里盘算好了，是我炒你就别想拿到工资，是你炒我，那可是一个子儿也不能少。

老板也是个明白人，虽然瘪四表现不怎么样，但毕竟能在一个店服务三年多，这也是不多的，正是没有功劳也得有苦劳了。不开欢送会就好了，怎么会欠这点儿工资？

于是小瘪四顺利拿到了一笔钱。

拿到钱的小瘪四就不那么瘪了。他要了那个最豪华的玫瑰包厢，请了几位相好，他要在自己服务过的地方切切实实地当一回上帝。妈的，钱是什么东西，给你就是钱，不给，什么也不是。花了好再去挣。

小姐，点菜。小瘪四大呼一声，引得几个平时一起的姑娘都瞪着眼睛看着他。

看什么看？快给老子点菜。见那些姑娘不动，小瘪四便直呼老板。

老板毕竟是老板，生意就是爷，立时向一个姑娘发出了命令，阿朱，听到了没有？

那叫阿朱的姑娘这才正了正胸前的牌牌，拿上菜单进了玫瑰包厢。

阿朱看了看小瘪四，要什么菜？

不行，你老板是这样要求你的么？

不就是要点菜吗？哪来这么多的条条？才离开不到半小时。

是的，半小时前你也可以使唤我，可现在你知道我是什么了吗？

是什么呀？还不是小瘪四？

得，本人投诉你，对顾客不尊重，叫老板扣你奖金。小瘪四是你叫的么？快，叫一声先生，否则……

好，先生，请问您要点什么？

· 168 ·

好，这还差不多。看你们店有什么特色菜，都给我要一份。

特色菜有，不过价格可贵了。

得，你又犯了规，知道错在什么地方吗？一、不维护老板利益；二、不尊重顾客。

对不起了，先生，我们开始吧。

好，这还差不多。于是他们在斗嘴中点满了一桌子的酒菜。在吃用过程中，一会儿叫服务员来这个，一会儿又要服务员来那个，直弄得十几个姑娘转磨心一样为他一桌跑前跑后，要这要那。随着酒意上升，小瘪四还觉得不过瘾，便冲老板来了。

服务员，你们的老板这么拿大？怎么不来敬个酒？快叫。

经过几番折腾，小姐不敢怠慢，立马通报老板。

老板是生意人，自然不去计较，来了，并拿起了酒杯子，来，先敬小瘪四一杯。

得，真是有什么老板就有什么员工，告诉你，我现在是上帝，小瘪四是你叫的么？

是，是，是，对不起了，平时都叫惯了。

要在半小时前，我不怪你，可现在……

在推与敬中，不慎酒洒到了衣服上，小瘪四摊着两手：

老板，你看着办吧，怎么样？

好，好，好，我叫人来替你抹。

不行，得你亲自来。否则，这桌酒菜……

好说好说。老板掏出了餐纸。

完后，小瘪四一下子趴在餐桌上嘤嘤地哭了起来。

吃完结账，不多不少，正好，老板刚才发给小瘪四的钱又一个不漏地回到了老板的账上了。

走出大门，一小时前怎么样，一个小时后还是怎么样，可小瘪四与老板都各得其所，这又是条什么样的公式？小瘪四是想也想不通。

本　末

　　元旦放假两天。妻子同他合计好了，音像店就选定元旦开张，他们都来帮忙，反正是假期，不担心单位人讲话。

　　12月31日夜，他突然向妻子宣布：明天要参加职工象棋赛。

　　"什么？去下棋？"妻子不满地说："那有什么？最多不过是奖个保温杯。等忙过这两天，我给你奖辆自行车好不好？凤凰26型。"

　　他不在单位住，天天挤公共汽车，是得有辆自行车。

　　"不，我一定得去！"态度竟是十分坚决。

　　于是，他去了，去加入了那生死搏斗的角逐。

　　音像店还是在一片爆竹声中开业了。由于开张优惠，来咨询购带的人特别的多。她忙得不可开交，临时还多请了三位姑娘帮忙。

　　一天下来，虽然开销三个姑娘的酬劳，还净赚一百多元。她很高兴，也挺遗憾，好你个老公，放着白花花的钱不赚，却去花那没有价值的脑筋，到时看你能捞得多少奖？

　　他也高兴，第一天的角逐，以三胜一和一负的成绩，进入四强。单等明天一决赛，非拿冠军不可。

　　第二天，她的生意继续红火。夜里结算，又盈利一百多元。

　　他却挺遗憾，最后一盘未下好，便丢了冠军，屈居第二。

　　最后发奖，第一名果然是个保温杯，他第二名，只拿了件白背心，价值才不过三元。好在还有一张红奖状：奖给元旦棋赛第二名……

妻子自然对他好一番奚落，"放着300元不去挣，放着一辆崭新自行车不骑，而去争这一件白背心，你呀你……"

"是的，你是得了300元，"他扬了扬手中的奖状，"这个，你有吗？"

残　局

　　河堤。水泥栏杆，凤尾竹，蟠桃树。哦，好久没这么潇洒地走过了，一切映入眼帘，一切又漫无目的。

　　我这样走了三十六年。不，才走了三十六分钟，却也像是三十六年。

　　头脑在发胀。这一仗又败了，而且败得狗血淋头。吃一堑长一智，我吃了三十多年的堑，也长不出这个智——你急，他们才不急呢，屁大的事，你没交三份报告，递三个情况了解，不讨论三五十天，不研究一两个月，妄想能答复，且答复的肯定与否，希望也只有50%。

　　我就是一辈子也长不了这个智，除非不叫我办事，不给我任务，给了，就永远急风忙火。

　　欲速则不达！

　　右边是河，有青树，有茂竹，有汩汩江流，也有满载沙船。左边是墙，哦，什么时候这地方打开了这个门，也像早已存在的了。

　　向左转，临时改变方向。漫无目的，也就无所谓方向，随心所欲而已。穿过一排夹竹桃，进入一个开阔院。方形的院子，有花有树，还有个建造别致的亭子。什么时候建的？鉴别不出。暗红的圆柱，紫黑的斗拱，斑驳的顶尖，黑灰的瓦面，呈着一个旧字，可惜不会考古，辨不出是哪个朝代的产物。

　　亭中还有个圆台。哦，台边上还有个老人，瘦骨嶙峋而带几分仙风。

见我来，抬眼笑了一下，随又埋下头去。哦，台上几颗棋子，一个残局。

我看着老者，又看看残局。老人银髯飘逸，但并未到耄耋之年，只是瘦，双眼亮度足，心未全老。

那棋太残了，双方都仅剩个老帅，一匹象，两员兵，而且，两兵均压近了二线。

"大爷，您也好这个？"

"唔，老也琢磨不透！"

"这不简单？"

"简单？"老者这才抬起目光，正式地审视了我。"不，我琢磨多年，还吃不透！"

我这才仔细地审视一下。是的，棋似简单，但双方都藏着杀机，又双方均存危机，拼杀起来，似乎没有中和可言。

我在心里下了起来。

风呼呼，水汩汩，棋在心里拼。

"大爷，下下看吧！"

"你？那请吧！"

"不，您老先手！"

"不，后生可畏，你先手！"

"不，还是您老……"

老人鬼得很，无论如何也不愿先动。

推诿不过，便执了红，兵三平四，卒三平四，兵四平五，将五平四，杀。我不服，再来。这下说什么我也不肯先行。老人却不过，只好执黑先动，三度下来，便被我杀了。

"哦，我悟了，动辄得咎，动辄得咎！"我激奋着，这棋显然是谁先谁败，必败无疑。

"你呀……"

棋被解了，然而，老者瞪着浊眼，我一下成了仇人，那眼光，够令人骇怕。是我打破了老者的希望？一生未解的棋，望着可解，一旦解了，希望之光便幻灭了。

然而，与其说是破了老人希望，不如说是应了我自己的半生命运！

欲速不达！

虎凭山威

这就是刘前么？这小子怎么有点儿陌生了？

岂止于陌生，我简直就对不上号了！

"老朱公，该你的了！"这是他叫的么？是的，明明出自他的口。这是我的谑称，"朱"，"猪"的谐音。在同仁，在长辈，这样称我，倒一点儿没觉得什么，可在刘前，不由我不吃惊。

我当然不想当他的老师。

我也曾站过讲坛执过教，被不少学生称呼过老师，也被他称过老师，而且声声有糖，有蜜。那是去年以前的事了。

我们办的刊物，出得正红火，见天不少来稿来函，我是在"老师"堆上过的日子。

有这么一天，我下班回来，家里早坐着一位年轻人。看得出，他才二十四五岁，同我儿子那年龄差不多。

"朱老师，您下班了？"年轻人卑躬得很，说话时腰也没伸直。

"坐。你是……"

他始终不敢就座："我叫刘前，在市北煤矿。"他又欠着身子说："朱老师，我偷空儿写了篇稿子，请您指点，最好能借贵刊……"

"哦，给我吧！"我本来对年轻人那猥琐的模样不屑一顾。不过既有稿子，又是年轻矿工，当另眼看待。

稿子不算十分差劲，经一番删改，终于也发了出来。

新刊发出，在矿山，在市内，引起了小小的反响。市电视台也不失时机地录放了刘前一分半钟的节目。刘前在得意之中，将全数的稿酬上了白云酒家。当然也忘不了把我这个"老师"请去，并还恭以上座。

"诸位，作品问世，全靠这位恩师的扶持！"席间，刘前捧起了酒杯来到面前："让我先敬恩师一杯！"

可喜我又升了一级，由老师升到了恩师。散席时，刘前当然又塞给我一篇更厚的稿子。

后来，他升迁了，从市北矿山调到了市总工会。他也不大来找我了。再后来，我们的刊物停了刊。没事干，我便又操起了旧业，业余时间都花在了棋枰上。

宝剑锋从磨砺出。元旦举行市直机关象棋赛，我一路斩关夺锁，五战皆捷，直逼冠军宝座。

与我争霸的不是别人，正是市总工会的李主席，偏偏这场决赛的裁判由刘前担任。

"主席您行好，时间还很充裕！"这小子，明褒暗贬。

我的目光从棋枰上移开，在他的脸上瞪了足足三秒钟！哦，我似是明白了，对面的是匹虎，而且山正茂……

悔　棋

小城弹丸之地，向来好事不过夜。

小城有一批棋手，中间也不失三五位高手。二马路老D就一向胜多负少。

老D下棋有奥秘。他的奥秘在于凡重大失误都可以纠正——每动一步，必须以对方是否吃着为准。投肉入虎口，他是绝对不干的，哪怕是掰着手也要把棋子抢回来，对方吃不着时才落地生根。这已成了老D的习惯，谁跟他下都能原谅，也没有谁说他悔棋，除非你不跟他下。慢慢便形成了"老D的规矩——一次不算"的定例。于是，他的子买过了保险，你哪能不输？

老B在小城，可算作一流高手。老D的"一次不算"，他也领教过。不过，老B毕竟是高手，与老D对垒，常常从容谈兵，具有大将风度。每每见着老D的车入马口或马被炮轰也当不见，而采取围棋的"寻劫"战术，在老D的后院起火，逼使老D下着另子，隔开一度才去吃那马口上的车或炮口上的马。于是老D心再痛也毫无办法，你总不能隔了一度还要悔嘛，吐出来的口水都已风了一天，你还能收回？

可这天，小城里却风传老B棋德欠缺，下了悔棋。

这是元旦前夜。

节日前夜总是热闹了，戏院里搞晚会，歌厅来了省里歌星。该去的都去了，就剩下了一帮弈林雅士，他们既不爱戏，也不贪歌，平生就爱这小方城的生死搏斗。

这一夜的棋战，首轮是老B 对老D，高手对常胜将军，自有一场好杀。

双方坐定。这时，几个好事者提出："今晚比赛，举手不回，落地生根！"

"对，不准悔棋，要悔棋就没有意思了。"

未几回合，老D 炮打过江，因有落地生根之说老B 便牵马过来，将老D 的炮蹬掉了。

"慢、慢！"老D 立即取回放于原位，并把老B 的卒子拱手交还。

"你看你……"

"人家还未放稳嘛……"

继续下去，虽时有争执，终因老B 棋高一着，又都原谅了他。

约莫进行了三十余回合，中局拼杀已进入了尾声，双方通过兑子食子，所剩的子力不多，老D 还有点儿优势，比老B 多了一炮。老B 仅剩车马一卒。

看着形势有点儿吃紧，老B 指按中车，沉思良久，末了，又改为马跳仕角叫将，下面便呈杀机。

老D 却不干："不行，你悔棋！你悔棋！"

"我怎么悔棋了？我从来没这习惯！"

"不，你刚才是想动车的。"老D 将棋一推，站了起来："不下了！你悔棋！"

于是老D 又一次输而不败。

于是，小城便传出了"老B 悔棋"来。

火　候

这颗钉子碰得挺不服气。

那天处长亲口答应了的，让我正式打个报告。可是当我费了一天一夜工夫，列上四大必要，八大理由，并一笔一画工工整整地誊写好送去，却又被打了回来。

说来也许没人相信，我们这个艺术处，一正两副三个处长，各有所好，偏偏没有一个是爱摄影的，因而，钢琴、电子琴、收录机、摄像机、桌球、象棋，样样皆有。只有我与小李搞摄影，除了一架富士卡135及海鸥120，就连个暗房也建不起来。而对于搞摄影来说，没有暗房等于厨师没有灶炉，会计没有算盘，所拍胶卷要求人冲晒，既耗费钱财，更要命是无以提高。为此，我们苦苦争取了两年，好不容易才取得处长动了恻隐之心，同意办个简易的。可现在……

"怎么？批下来了？"小李来了。

"批个屁！"

"你不是说处长亲口应承了吗？"

"朝令夕改，风雨无常！"

"你怎么去找他的？"小李坐了下来。

"工间操时，处长正在下棋，我站在一边，态度不能说不恭，好不容易等到散了棋，把报告递过去：'处长，请你批示''去去去，现在没空儿',他连看也不看一眼,气鼓鼓的,就像是谁欠了他八辈子债一样。"

"哦,原来这样。他同谁下棋?"

"余大新。"

"怪不得。你把报告给我。"

"你行?"

"准行!"

又是工间操。处长步出办公室,来到了娱乐厅,小李子早就占着那方棋枰了。

"处长,赐教一盘吧,敢吗?"

"哦,小李子,直属机关冠军,好,我就是要碰硬的!"

处长经不住象棋的诱惑,走了过来。小李向我做了个鬼脸,便摆开了阵势。

"你先行!"

"那我就不客气了!"处长搬动左炮架中,再炮轰虎门,小李子飞象顶士,沉着应战。紧接着,处长催马过江,一时忘了大沙角的铁炮,被小李子跳起二路马,啪地吃掉,他正心痛。

"要奋斗就会有牺牲。为有牺牲多壮志。"小李得意地说。

"不要高兴得太早,杀你个冠军,至少顶十个余大新!"

"对,有气魄!"

小李冷不防,处长的"赤兔"跃檀溪,再一跳,落了卧槽,"将"地一吼,随手搬掉小李子右角的大车。

"一失足成千古恨!"小李拍拍胸膛,处长面有得色。不过,明眼人不糊涂,像小李的棋力,还能不防卧槽马?

失了大车,棋势急转直下,三将两将,小李的老帅被逼离了王座,左遮右挡了一阵,终于在处长车马炮联合攻击下作了俘虏。

余大新也被吸引了过来。处长挺起了胸,对昨天的敌手不屑一顾,凛凛然步出了娱乐厅,小李尾随出去。

"怎么,不服输?"

"哪里，输了就输了呗。处长不愧为棋坛老将，到底棋高一着嘛！"小李恰到好处地恭维着，从兜里掏出报告："处长，暗房的报告，你过目一下。"

　　"好！"处长接过，一目十行，一摸口袋，小李即时把笔递过。

　　小李拿着报告出来见了我："你看棋了吗？我输了！"

　　"不，你赢了！"

　　"哈哈哈哈……"

决 战

李还山虾塘丰收在望。李还山象棋冠军荣耀在即。

金风送爽。保险公司与体委举办中秋保险杯中国象棋赛,这在Q县的历史上还是第一次。棋赛气势之宏大,参战人员之踊跃,也是空前的。小城弹丸之地,参赛者竟达108人。开幕式上,县委书记还出了席,讲了话。

李还山自然没有放过这个机会。李还山可算是小城一代棋王了。前年参加省职工"五一"棋赛,位居第三,去年在地区赛上,一举夺魁。区区小县城里,争个一名还不游刃有余?

经过一十二轮艰苦卓绝的拼杀,半生戎机,挟着千般杀气,他一路斩关夺锁,所向披靡。现在通向冠军的道路就只剩下最后一城了。

108将中筛出二人,要知道,对手刘世昌也不是好惹的。只是这么些年来,他虽然在街边哄棋,却从来没参加过正规赛,因而一向名不见经传。

可喜李刘二人又都是养虾专业户,海堤边上也都押有十多万元的赌注。有人说在海边养虾是赌钱,风调雨顺即赢,这一赢,十万元的本便变成五六十万元。今年还算顺利,看着中秋一过,便可开塘。

不想下午,气象部门传来了令人不安的消息,26号台风今夜袭来。他们本想放弃或推迟这场决赛,可海报早已贴出,主办单位不依,官方不依，万众也不依。108 战将，格杀再格杀，淘汰再淘汰，就剩下了这最后一战，就是天塌下来，小城人也不肯放过。便只好匆匆到虾塘去布置防卫。其实，这种场面他们也经历了不少，要是没特殊情况，一般风雨是没问题的，所不同的就是，塘里的对虾比以前大了，眼看着收获在即了。

黄昏来临，乌云拉起了漆黑的天幕，小树动摇着海风的腥膻。决赛如期进行。为避风雨，把灯光球场的大棋牌转移到了大礼堂。礼堂里已座无虚席，人人都要先睹为快。

李刘二人坐在台上的一角，一个是勇冠三军的神武将军，一个是诡谲深藏的市井雄杰。论气势，论风度，刘世昌都似乎逊了一筹。

可是，当他们摆开阵势，由刘世昌执红先行时，刘世昌的一记中炮，正好挟着"轰隆隆"一声焦雷，把李还山震了个慌：不好，风暴提前了！紧接着，大雨滴砸在礼堂顶上，啪啪有声。雷电风雨中，李还山欲提右马却触到了一路车，按"摸子走子"的规则，他只能动车，被刘世昌炮打空头。此后，形势即凶险万象，尽管李还山有超凡的智慧，在这位街头棋痞的猛攻下也乱了方寸。调尽了深算奇谋，挖空了韬略元机，才算平定了空头炮的险恶，可右翼空虚，早已损失了一匹马，终是劣势。

风似乎越刮越猛，雨似是越下越大。每一记焦雷，都给李还山一个震撼。他想速战速决，快去虾塘，那里有着他的半生希望。

刘世昌也有虾塘。只是，他下午部署了防卫力量，有他没他都一样，一般情况能抗衡，要是有更大的险情，保险公司一定不会丢开，一准到现场采取措施。万一是人力抗拒不了的，他还有保险公司做后盾，不至于全军覆没，因而对阵之中大有"任凭风浪起，稳坐钓鱼船"的胜算。

欲速不达。李还山在一片忙乱之中，终因右翼空虚，被刘世昌一举直捣黄龙，匆匆推盘跃起，直奔风雨，身后留下了深深的遗憾——早春我为什么不同刘世昌一齐投保？

啊，我的虾塘！我的冠军！

名　累

　　下棋，于我的人生，不知是好事是坏事？不知是优点是缺点？不知是主业是从业？反正，随着年纪的增长，对于此道则是越来越痴迷了。可以这样说吧，因为有象棋，才觉得活在这个世上有滋有味，才觉得太阳每天都是新的。忙碌的一天过去了，夜里下个三五盘，床上一挺，就到了天明，不忧柴米，不忧家室，不思争斗，不思设防，几好！几好！

　　可也因为下棋，不少挨老婆的骂：下下下，一天就知道下，连吃都不顾了。其实，吃有多随便？一个馒头或是一条红薯就足了，甚至于最好还是馒头和红薯，可以抓在手里，一边啃着，一边下棋。

　　惯了，每天似乎不下两盘就会手痒。其实是心痒，困在家里总也坐不安稳，什么书，什么电视，全放他妈的狗屁！

　　傍晚，我汽车不开，摩托不骑，连自行车也不要，挪动双腿，从板岭路走过钦州湾大道，步入新兴路。兜了一圈，没有发现有棋，连平时最容易有人摆摊的车站和粮食局，都是静悄悄的，不知人们怎样一下子都变了，变得连棋也不要了。

　　心怏怏地又折回板岭路。

　　来到自来水公司大门，哈，门里围着几个男人，那不是有人在下棋么。脚被磁石吸了过去，挤入重围，正是一眼镜青年与一戴头盔的中年在对杀。

一盘棋已到了尾声。是因输了，还是因为有客乘车，那头盔中年站了起来，离开了摊子。

"怎么一输了就逃了？"

"谁来接战？"

围观者都没有应声。真是天赐其便，我便坐了下去："我来！"

没有半点儿的石破天惊，人们想是连多看我一眼都没有。得得得，一会儿棋子复了位。

眼镜啪地架上中宫炮。

"好厉害的当头炮！"我一边下一边咋呼："屏风马，我这是专破当头炮的克星！"我就这个坏毛病，喜欢瞎咋呼。

未及二十回合，我因有双马成屏，阵脚稳固，再驱车调炮过江，大占上风，便一边下一边唱了起来。一会儿是："大河向东流，天上的星星参北斗呀！"一会儿又是："将一将，势把反动派一扫光！"

第二局由我先行。我不爱当头炮，便来了个"炮八平四"："穿宫炮，专打急先锋，让你尝尝厉害！"

青年眼镜不知是听惯了进攻的号子，还是穷于应付，对我的咋呼竟是一语不发，一个劲儿沉着应战。

我就这德行，你越不吱声，我就越爱咋呼。一咋呼起来，能把一切置之度外。于我认为，下棋不语及观棋不语，都是折磨人。下棋本是件乐事，何苦搞得心胸憋闷，何苦着！不但我咋呼，你也可以咋呼，旁人也可以咋呼，甚至于起哄。

过宫炮果然步步为营，不久便又占了上风。

"攻他的总部嘛！"旁边一中年提醒眼镜。

"我何尝不想，让他步步都逼得抽不出手来，你来试吧！"一片懊恼之中，眼镜退出了争斗。

叫嚣攻总部的中年人也不谦让，坐到了眼镜的位置上。

我又变了阵法，一局挺七兵："仙人指路，试试老兄水有多深，肉有多厚！"

"不要尽说风凉话，出水才看两脚泥！"中年人沉着应战。

"对，出水才看两脚泥。"啪，我一个马八进七，接着马七进六，又马六进七蹬了他的卒："我倒要看看你腿有多粗，泥有多黑！"

这时，旁人评说："不想我公司平时这么多棋手，今晚全都落败，快去叫戚仔来。"

不一会儿，旁边便多了一个架眼镜的汉子。他侧头一瞄："我说是哪里来的大师，原来是作家！难怪你们都惨败，你们知道他是谁么？作家，著名的小小说作家沈祖连！"

"哗，你就是沈祖连？"多个旁人都朝我看了几秒钟，倒弄得我拘谨了起来。"我读过你的不少小说，可不知道你棋也下得好！"

我便觉得兵马不听驱动了，每动一步都感到暗晦，也咋呼不起来了。好你个老戚，两军对垒，英雄不该问出处，是你露了天机，坏我大事。

这一盘竟然在对方的强攻之下败了下来。

兵败身退。我走了，留下了多少的议论，我已听不见，反正我有点儿窝火，半路杀出了程咬金，坏了我的棋兴。

不过细想起来，难道全怪老戚？为什么名字披露之后，就不能咋呼？就不可以挥洒自如了？

棋　迷

为了不耽误上城的班车，张三一宿未睡好。特别到了下半夜，张三简直没有合过眼，不时地看钟，好不容易才熬到天蒙蒙亮，张三便迫不及待地来到车站。赶上了第一班车，这才在车上打了个盹，迷迷糊糊地来到了省城，直奔政府大院。

来到主管部门的办公室，早了，门尚未开。张三便转身出来，不敢走远，就在政府大门附近吃了一碗米粉。看看还早，便来到一个亭子，见有两个老人在下棋。挡不住的诱惑把他牵了过去。张三一边告诫自己：只看不下，只看不下。因为他明白自己这次进城的使命，是领导亲自交代过的，今日必须要见到政府林科长。而且，这事关系到他们厂的前途命运。而且，时间性非常之强，几乎可以说是过了这个村便难找这个店的。而且……因而张三不断地反复地告诫自己，一定要不辱使命，一定不能下棋。不过看看总可以吧。

可这个张三，不看犹可，一看便粘上了。最不应该的就是让他看到了两个老人之中一个下了步臭棋，更有甚者，另一个则盛气凌人、得寸进尺、欺人太甚、甚嚣尘上，张三便觉得有挺身而出、责无旁贷的义务。于是便由在一旁观看而伸出食指来指点一度。偏偏这一度画龙点睛，使被动的一方化被动为主动，挽危难于既倒，匡扶了正义，树立了正气。对面的老头向他抬起了混浊的目光，那目光中既有挑战、仇视，让人最不能接受的就是饱含着轻蔑。

想我张三自出洞来无敌手，可曾惧你一个老头？一股渴望征服对方的英雄之气在胸内浩荡了一会儿，便又慢慢地消失了。他非常明白自己的神圣使命，切不可做好战分子，等办完事之后再来收拾你也不迟！

正当张三站起打算走人，刚才被援助的老人一把拉住他："你来下一盘，杀杀他的威风。"

"不了，下次再说吧。我还有事。"

"怎么？是不敢？"

我张三几时怕过谁？张三一看表，还有五分钟才到上班时间，先来他一盘，杀杀这老东西的锐气也好。凭我的棋力，二十步内拿下这老头不成问题。于是便坐了下来。可不知是旁观者清当局者迷，还是因为昨夜休息得不好，头一盘张三竟然输了，而且那老头也没有什么出奇的招数，却让他赢了！你想张三哪是输得棋的人？便又来了第二盘，第三盘……

要不是那一辆辆开出政府的汽车，有一辆在亭子前嘎地一声急刹，张三还没醒来。

一看表，不禁大腿一拍："哎呀，老家伙，你误了我的大事！"慌忙弃棋直奔政府，一个个办公室都已关上了门，林科长也早走了。

怎么办，怎么办，怎么办……

棋　趣

十岁的儿子不知从哪里搬回了一副围棋："爸爸，跟你下盘棋。"

"走围棋？"

"不，是下！"

说实在的，我早想学这古老的弈事了。想到"聂旋风"横扫东瀛，"江旋风"连下日本五城，一股豪气悠然升起，手便痒得不行。可小院里悲哀得很，竟没有一位曾是大棋的传人。一拖几年，想不到轮到了儿子来当师傅。

啪——小目，儿子在角上投了个子，黑得像只猫眼在闪光。我也跟着在另一角投下个白子。

"哟？高目！不简单不简单。三三！"儿子不知几时学到了这些。我便不管什么"三"什么"目"，只管下。

不一会儿，儿子的黑子星罗了大地，我的一片白子在其中，特别地显目。可好景不长，白军被包围了，隘口一封，断了退路，全军覆没了。

"爸爸成了光杆司令啰，哈啕，爸爸……"

笃笃门响，是S君来访。

"父子俩好高的兴致！"S君也是个棋迷，只可惜远在国边小城，一年难来几趟，来则跟我下象棋，常常做我的手下败将。

"谁胜？"

"当然是爸爸啰！"小儿子倒懂得了维护大人面子了。

"怎么？敢跟来一盘么？"

"随便吧。"我对儿子说："这里没你的事了，你到里边学习去！"

战斗便打响了。吃一堑，长了一智，这次我接受了全军覆没的教训。东投一枚，西投一枚，S君一见："嗬，江氏风格，广占地，厉害，厉害！"

笑话，我连怎么做活也还未懂，什么"江风""聂风"，我更不甚了了。不过，S君对我却不敢掉以轻心，每投一子思谋半天，嘴里还叨叨："小飞"，"关"，"拆"，"顶尖"。面对我，真像如临大敌，左右权衡而又犹豫不决。

瞎猫遇上了死老鼠，这盘棋竟有两块成了活。一点，最终还是我败，输了45目。S君激动了："哈，这盘棋杀得我好苦啊，你总算也尝到了失败的滋味啰。"S君长长地舒出了口气："怎么？老伙计，我的水平够得上七段么？"

"这么厉害，连我都被杀了败，恐怕八段还不止……"

"那我，那我该是八段啰……"

棋　手

五月的温泉，岚雾蒙罩，水光潋滟，景色宜人。百花园社择此举行笔会，是再好不过的了。坐在室里，有花香袭人，可以览掠窗外佳景；讨论累了，可以浸泡温泉，消劳解倦，还可以闲散湖堤，放荡山水，领略美好的湖光山色，采大地之精气，充心之旷，神之怡。

这还不够，杂志社又出了新招，举行棋赛。先是作者联队对杂志社总队，七个对七个，经一番艰苦卓绝的拼杀，正好打了个平手。和为贵，两气不伤。

然后又提出，须加个人循环赛，对手以一盘决胜负。

沈阳选手程君，既写得一手好小说，象棋也出众，在集体对抗赛中，被称为"东北虎"，为联队立下了汗马功劳。个人赛七仗打了六仗，本已冠军在望，最后只剩下了广西选手申君一城了。待收拾了这个小广西，程老兄便可坐领江东了。

临战，小广西耍个花招，说上上厕所，却泡进了温泉里。温馨宜人的矿泉水从头到脚浸泡了五分钟，便觉精神抖擞，感觉良好。

披挂上阵。东北虎以其凌厉攻势，架了个当头炮，企图一口吞下小广西。

要知申君在团体赛中，也有"华南虎"之称，他们二虎一山同为联队争得了个半壁江山。今二虎相斗，必有好戏。申君不慌不忙，顶上左士，待程君炮打中兵之后，再架中炮，旁人喝彩：好一个后补列炮！

申君采用的是绵里藏针战术。再下去，程君因中路空虚，被申君巡河东强吃了中炮，便失去了东北虎应有的雄风。

虎威一失，便只好束手就擒了。好端端一个冠军在一片懊恼之中易了主，屈居第二。

程君推盘沉思。

这一年，东北虎的作品也明显地少了。

又是一年绿肥红瘦时，他们又相聚在中原，会议自然又加进了棋赛花絮。

一开战是捻阄。正好是东北虎又对上了华南虎。

"今年必报一箭之仇！"

"欢迎你雄风再振！"

握手之后，程君还透露，去年回去，曾购得棋书一十七册，誓要打倒申君。

申君暗笑，怪不得老兄作品不多，却在暗中较劲研究倒我之术！

由申君执红先行，啪的也架了中炮："程兄，说说都买了些什么书？"

"啪！大刘手炮，这是《梅花谱》正着，我国大师们屡用屡灵！"程君一边动子，一边夸夸其谈。

随后每掂一着，都报出一本书名，什么《适情雅趣》、《橘中秘》、《韬略玄机》、《石杨遗局》、《心武残篇》、《蕉窗逸品》、《烂柯神机》，令人眼花缭乱瞠目结舌。这本来于比赛规则有悖的，但因比赛并不怎么正规，也就算了。

也不知是程君读的棋书多了，还是申君战前没有温泉浴，一盘下来，拼子兑子过半，最后双方都只剩老帅一车一卒并双士，便只得握手言和。

申君怏怏。程君则高兴："看，智力投资有了收益，和了，待明年，我一定大获全胜！"

市长构想

李国柱真行。十年之间跨越三大步,从局长到县长到市长,最近又到中央党校学习去了,看来还有上升的趋势。

这个李国柱,无论在哪个职位上,都会干得有声有色,都极有口碑。当局长时,他改直湾江,根治了湾江流域水灾;当县长时,他从大东门的更改入手,彻底走出了封建衙门的阴影,然后着手一系列的改革,从而跨上了市座;当市长,他做得就更绝。

这是来自他的一个爱好。

在《棋规》一文里,我们都知道李县长因个拐脚马闹了笑话。可谁又能预知恰恰因为这个兴趣,大大地帮助了这位市长建立赫赫政绩,闯入了全国十强市长的行列呢?

任命李国柱为代市长时,他既没立马火烧三把,也没整天泡基层,而是白天不出门,夜里到文化宫,专找李青平胡须二等棋手,一方面是切磋棋艺,再就是摸清底子。当知道本城有众多象棋爱好者之后,一个独特的构想在他的心里形成——建立中国象棋第一城!

李国柱有他自己的人生信条,那就是人生在世,要留清名;为官一任,要出特色。面对这样一个几十万人口的城市,她的特色在哪里?大连的服装出名;潍坊的风筝出名;桂林的山水出名;昆明的园林出名;北海的珍珠出名。还有足球之乡、排球之乡、举重之乡、秦城、汉城、唐城、宋城、铜城、铁城、煤城、锡城、酒城、花城、鬼城、雪城、鹏城、榕城、牡丹城，等等等等，不一而足。唯独没有个棋城，象棋之城，我何不把这个南方小城建成象棋城？

李国柱主意一定，便带着十分的激动走马上任。就职演说抛出了人们始料不及的宏伟计划——不遗余力将本市建成中国第一象棋城！

乍一听，不少人都差点儿想掩嘴而笑。可见代市长讲得严肃认真，头头是道，论据十足，道理充分，加之他那大干一番不达目的不罢休的劲头，便都不敢轻视了。尤其他那"象棋搭台，经济唱戏"的构想，激荡着与会者不得不佩服这位新任市长的眼光与胆色。

此后，李代市长大会小会都在鼓吹象棋，甚至于提出：没有象棋的景点不算景点，没有棋赛的节日不算节日，不会下棋的领导不算领导，不懂象棋的市民不算本市市民的"四不"政策。并号召全市科级以上的干部都得学会下棋，凡处级的干部都得具有相当的水平。为了配合象棋的普及和提高，这位代市长还亲自出马，邀请国内的多位象棋特级大师到市里来比赛指导，还特聘了胡荣华、吕钦、柳大华、李来群、蔡福如、许银川、徐天红等为本市荣誉市民。

这么一来，全市的象棋热空前高涨了起来。学校开设了象棋课，机关工间操全用作象棋快棋赛，大街行人道上，公共汽车亭里，公园休闲处，都增设了石桌石凳，全画上棋盘。一时间，学生书包里装有象棋，干部挎包里装着象棋，宾馆饭店歌厅酒吧茶座甚至于大排档都必有象棋。更显眼的是，大广场本来留作城雕的位置上，树起了一座三面的巍碑，画上了粗线的棋盘，而巍碑的根下，则是一个篮球场大小的棋坪，在鸿沟分明的楚河汉界上，峙立着三十二尊比人还大的立体棋子，全都是用铜铁做成，将帅仕相车马，一个个栩栩如生，成了棋城的一道最著名的风景名胜。

李代市长的眼光并不停留在这个水平上，当人们的热情被刺激起来之后，他便要向着更高更远目标发展。最成功的是那个国际中国象棋邀请赛，他向世界五大洲发出了邀请，而又重点放在东南亚的国家上。盛会之日，全世界来了一百一十多个代表队，而这些代表队，都由各自的经济巨头牵头，真正地成了象棋搭了高台，经济唱出大戏。比赛期间，分别签订了二百多个合作项目，吸引了外资达一百多个亿！

　　这么一来，李代市长便被提前拿掉了那个"代"字，名正言顺地成了象棋城的一市之长。

同 行

凭甲那副样子，也配留八字胡？不是先入为主，那八字胡，人们总觉得是李大钊和贺龙的形象，怎么留怎么像。可甲是个什么人？小商小贩个体户，也配！

甲虽不是知识流，可也开过一方先河。一年前，他看到粮所卖米要配面粉，便到省城里搬回了两台压面机，挂起了大牌子：加工饺子皮！

这一来热闹了。本来是北方过年才吃的面食，被他移来了南方小城，而且天天顾客盈门。工艺倒也简单，先把面粉和好，放机子上滚过几趟，成了白布一样的面皮条，再用模子去印，便变成一块块圆形的饺子皮。

哪个家庭没个十斤八斤面粉？正愁这些"杂粮"不知怎么处理，有了这个加工铺，大家便争相加工。特别是星期天，把机子围得里三层外三层，还不时为先后问题发生些小口角咧。甲忙得挺乐。

乙也来加工过，且在一旁看了不下三个星期天。乙原本是做成衣生意的，摊子就在甲旁，他们是无话不说的一对。乙来看加工，不时地问甲："难不难？"甲无不得意地说："不难，有手都行！""一天能挣多少？"甲伸了个指头。"才一张纸？""十倍！"

乙的成衣摊不摆了。乙失踪了一个星期。这天，乙突然又回来了，而且抬来了两台压面机，牌子型号与甲的一模一样。

甲看见了，意外一惊："妈的，话是不该讲尽！"

乙也挂出一块大牌子：加工饺子皮！而且比甲的要大要红。

甲便不舒服，自此跟乙讲话也少了。但见到乙的生意不好，那机子像锈了一样，对比自己的一天滚个不停，心里便会掠过一丝快意：牌子挂得大、涂得红就行了么？

星期天则不同。人们因为等急了，便顾不上什么新手老手，等不及的人们便纷纷走向了乙的店铺。一碗粥变成了两人吃，甲的收入明显地减少了。每每见到乙的机子开动，便要投过敌视的目光。

乙在甲的眼里也未免缺德点儿，看见有人过来，远远便招呼："加工饺子皮么？来吧！"有时把本来要到甲店的顾客"抢"了过来，甲便不可容忍了："妈的，有你这样做食的么？""我怎么了？不就是打个招呼？""丢那妈，混账！"

……

有了这次反目，甲乙二人便成了冤家。乙总感到似乎欠了甲的什么。每每看见甲的八字胡，便有点儿战栗。甲则居高临下，眼光投来，总把八字胡翘起。

"将军！妈的，你这步臭棋，臭过狗屎了。"

两人吃一碗粥，也好，日里用不着过度的疲劳。闲下来时，乙买了副牛角象棋，不时与蒜头佬乒乒乓乓地下几盘，那声音直把甲撩得坐立不安，便把八字胡捋下，伸长脖子凑了过来。他是个见不得棋的人，未做这行之时，整天泡到榕树根下，碰上石头也下一盘。

甲凑过来，乙装作专心致志的："蒜头佬，你想下棋，还得挑米来拜师咧！"

"拜你？"

"我还不够格，真想下棋，你不知道老甲？"

老甲心里一甜，故意咳了一声。

蒜头佬见了："哦，说着曹操，就来。老甲，你来，把老乙这小子的威风给煞煞。"

老甲便蹲了下去，接过了蒜头佬的残棋，居然还下得有声有色。

自此，甲乙二人又像初时一样了。

· 197 ·

棋　友

　　A 和 B 原是一对挺要好的朋友。A 爱下棋，B 也爱下棋。A 下得比 B 好，因而常常都是 B 输得多。

　　A 下棋有个不良习惯，就是得理不让人，爱讲风凉话。平时下棋那个嘴巴总是不停，一会儿是"将一将广东不解粮"，一会儿又是"打倒四人帮钦州有希(×)望"，这都不打紧。令人不能容忍的是挖苦对方，每每得先一度，那话便是火辣辣的。一次他的马蹬了 B 的一个车，便捂着鼻子说："唔，臭死了，臭死了，哪里来的一个粪箩子，还不赶紧抬去丢了。"直说得 B 面红耳赤。

　　更不能容忍的是有一次，B 连输了三盘，A 便发话了："你呀，看来这辈子都下不过我了。不说是你，恐怕连你的儿子这辈也都不是我的对手咧。"

　　B 气得将棋桌一掀站起，发誓这辈子不再跟他下棋了。他最容忍不得的就是人家伤害他的儿子，儿子是他的希望，儿子是他的太阳。下棋就下棋，这不是对人身的攻击吗？

　　这不是对家族的侮辱吗？

　　不久，B 便调走了，而且是调到了北方去了。

　　到了北方，缺少朋友，缺少熟人，B 过得挺沉闷，便只有象棋。每每到街上转悠，看到棋摊子，便蹲了下去，便交上了棋友，于是 B 摆弄起了象棋来，正如他自嘲的"桐油桶还是装桐油"。

B 不但跟朋友下棋，还买回了棋书自己打谱。除了上班，下了班有的是时间，便邀游在象棋世界里。一会儿是胡荣华大战吕钦，一会儿是李来群大战柳大华，一会儿是屏风马破中宫炮，一会儿是顺炮直车对横车。十多年下来，大师和特级大师们都在他的掂量下左右逢源，滚瓜烂熟。

正好有一天，特级大师到他居住的城里比赛。赛事完结之后，特级大师做一对三十六的车轮战表演赛，B 有幸成为三十六人之一。能同特级大师对阵，虽然B 显得有点儿过分激动，但棋还是下得很好，三十五个同伴被大师收拾了，他却成为唯一的胜利者。比赛结束时，特级大师还跟他合影留念呢。

这时，B 又想起了A 来。想起了A，不但没有恨，反面还迫切想见到他。于是B 请了探亲假南回。回到南方的头一件事便是到原单位来找A。十年了，足足十年了，我好想你呀，老A，正可谓是君子报仇十年不晚。

不想单位的旧人告诉他，A 不在了。

B 一听，呆呆地僵立住了好一会儿，才声泪俱下地说："老A 呀，你为什么这么急着走了？你这一走，我可要痛恨终生了，想我十年来的苦苦修炼，能胜得了特级大师，却是一辈子也胜不了你了……"

夏日黄昏

黄昏，挺美的。

李三的一爿杂货店，就设在新兴路边。新辟的马路，初栽的树还光秃秃的，好一阵还不能成荫。炎炎赤日直晒得水泥路面的沥青鼓了起来，成了一道道青鱼的脊背。虽然时已黄昏，那股烘热还十分蒸人。

李三手摇大葵扇，站在摊面上，不时地对着暑气蒸腾的马路发怔。

他在期待着一个人，一个快乐的天使。大前天，他这样期待着，前天这样期待着，昨天也这样期待着。终不见，他还是宁信其会来。虽然他同她相处还不及一刻钟，虽然他至今还叫不出她的姓名，然而他敢说，即使她泡在一万五千人中间，他也能一眼将她拖出来。

她有一张使人难以忘怀的白脸，更有一双令人销魂的明眸。说可销魂，除了唤起人的欲念之外，最可贵的是诚挚、聪慧。

是的，那是一双极其聪慧的大眼睛。

进入夏季，李三的小店生意便清淡起来。白天基本无人问津，只黄昏开始，才有几个人走动，买东西的也不多，不时有个把小孩上来，无非一瓶酸醋酱油，一包味精，再就是一包香烟，一盒火柴。

无事，李三便摆起了象棋，以度这漫长的夏日。热是可恶的，可长街尽头，正是日落的地方。每天傍晚，站在店前都能领略这一幅长街落日风采图，敢说与泰山日出有异曲同工之美。然而看落日毕竟是短暂的。

他特意买了一副精致的象棋，有机玻璃制成，晶莹晶莹的，令人爱不释手。没有对手，他便打棋谱，一会儿是《梅花谱》，一会儿是《橘中秘》，一会儿是胡荣华对李来群，一会儿又是吕钦战柳大华。自然也不时有人走拢来与他宣战，可大多未及十几个回合便弃甲抛戈，落荒而逃了。

多时无人，只他自己，于是便又摆起了残局来了。

李三正在琢磨一个棋局，忽然，一只玉手伸了过来，把左马一提，跳到后槽，棋便活了。他惊奇举目，摊档外边，站着一白色女子，一套粉白柔姿裙把那玲珑身段衬得俊逸非凡。他看她，她却看着棋："下呀，下呀！"

"你？你会？"

"F呀！"她抬起了眼，四目相对。他便输了，她那双明眸哟，中间含着几多的智慧，就如一眼深不可测的古井。难怪他琢磨了半天的棋局，让她一点便活了。"你知道这叫什么？"李三想从这儿取胜。

"雪拥蓝关。"

"我再摆一个，你能认得？"李三得得掂子，便成一局。

"这还不会？孙庞斗智么！"她稍一沉思："我出一个你看。"

尖尖玉指，运棋极速。

"哈哈，二郎担山，这有何奇？"

她玉手一拨，重又摆出一局。李三左看右看，就叫不出名堂。

"这……这……"

"不行了吧？告诉你，叫玉女穿梭。你自己下吧，什么时候解了，我来验收！"

"你——"他还想说什么，她却留下深深的一瞥，飘然而去了。

为了这"玉女穿梭"，他苦苦琢磨了个通宵，终于解开了，是红先胜。然而，她在哪儿？

于是，他还是等，靠一把葵扇，靠着一根蜡烛。

棋　规

　　选举大会胜利闭幕，水电局长李国柱被推上了县长的宝座。

　　这李国柱很有一套与人不同的做法。任水电局长时，硬是把一条湾江动了手术，凿了一段类似京杭大运河的工程，把湾江给拉了直。自此，年年遭水淹的湾江流域免除了水灾之苦，他得了个"活大禹"的雅号。说不准今天能登上县长的宝座，"活大禹"可是起了主要作用。

　　走马上任，头一件事就是对政府大门不顺眼。虽然这里新政府已历一十二届，县长及县革委主任、县文革主任一并数，已进出过一十二位县长。可到了他——第十三位县长，就是不顺眼。今天都什么时代了，还保留着封建衙门的风格！

　　这座大门，据县志记载，始建于清乾隆年间。一排高墙，顶着个箭楼，悬檐斗拱，进出一个拱门，过去走的马车，现在还勉强挤得过一辆吉普，两旁更有那枪洞炮眼，森严地戒备着门前大道。想当年，谁有胆气来冲击衙门，准是九死一生凶险万象。

　　无疑，这个大门在那火铳梭镖年代曾起过不少的防护作用，可现在谁还用得着？

　　他说得改。老班人马都不同意，说那门有文物价值。也真是的，那大拱门外，几时嵌了块石碑，凿上了"Q县重点保护文物字样。"

　　毁不得。不过改过方向总可以吧。于是他下了令，把大门改向南。便是从南墙上凿出一个大门，大院一下子透了光，农贸市场就在门前。这下可热闹啦，每天从早到晚，鸡声鸭声不绝于耳，天天都可以领略到市场繁荣的景象。

人们开初不大习惯，慢慢地也都成了自然。古东门便永久地作为文物，冷落在东边，偶尔有一二迂腐骚人，来一摸三叹那门洞的奇伟。

一位象棋大师偶然来到Q县，在文化宫里摆起了擂台，一人同三十六个对手对弈，最后竟全败于大师。李县长也来了兴趣。大师走后，他也想动动棋。是读初中的儿子教会了他。于是，象棋成了他的业余爱好。

儿子还给他介绍过《橘中秘》《韬略玄机》，向他灌输了象棋是仅次于围棋的一种古老棋种，到了今天，已开成了一整套规则。

五一举行棋赛。李县长也参加了。首轮对手是个青年，二十来岁，去年职工大赛夺了冠军。

县长下棋，自然多人围观。

青年大度谦让。县长也不客气，掂起二路马，"马二进三"。为了争时间抢速度，早日马蹄中营，第二回合便是"马三进四"——不得了，弊脚卒未推。青年叫了起来："哎哟，看，县长的马脱缰了。"裁判把马牵回了原处。他又纵了出来。"怎么不行？你也可以这样走嘛。"

"拐脚马，这是老规则！"

"什么老规则，体委主任在吗？"

"在！"人堆中站出个中年汉。

"这马的框框，你回去给改一改！"

"这……"

"这什么！那大东门当初不是说不能改么？"

……

小村人

小村并不小，有一千多人居住，之所以叫小，我想那是时代所造成，大概是过去它曾经小过，便一直叫了下来，至于什么时候开始，估计已有不下一百年的历史了，村东那棵榕树可以作证。

这是一棵枝繁叶茂的老榕。它曾经庇护过几代人？说不清楚，反正，每到赤日炎夏时节，人们就都爱在这里聚会，或聊天，或打牌，或下棋，或唱木鱼，每年总有半年以上是热热闹闹的。其中最最兴盛的要算是那个树根棋摊了。那可是个天然的棋盘了，老树荫下，一块树根露出了地面，不知是谁，将它削了平，并画上了个棋盘，便一直沿用到现在。每每下起棋来，总聚集一群人在瞧、在哄、在闹。高手却并不多，常常能胜的就一人，叫沙角仔。说是仔，其实也有了三十来岁了。沙角仔的棋下得怎么样，这且不说，据说他能下盲棋，也就是说，他不用看棋盘，随便可以跟村上的某一人下，并且都能胜。就凭这，村上的人不得不公认，他沙角仔是老大。每逢有别村的人前来挑战，人们就要请出沙角仔来。最近，他频频外出，晚上便提回一挂鱼或者是肉。一段时间，竟甩掉了那辆烂单车，开回了一辆半新的摩托车来。人们好奇地问他，他说是赢的。自此，村上人都把他当成了小村的一块牌子，动不动就是我们沙角仔……

这天，城里下来了一个人，绕着老榕树转了三个圈，然后向一位乡亲打问，这棵榕树卖吗？那老乡抬头看了看他，说：你来这里，你懂得我们的规矩吗？确实不知，请指点。

那，你得跟我们的棋手过几招。胜了，说你要办的事，输了，免开尊口。

哦，有这种规矩？那好。他这才发现树根之下，有人正在对弈，而围者多多。

让让，让这位先生一下。先前说话的那人分开众人，将他送入了重围里。对弈的二人只好终盘，让出了一个位置。城里人坐了下来。与他对弈的叫虾公五，据说在村上可坐第二把交椅的人物。也就是说，只要沙角仔不在，他便是山中没老虎，马骝称大王了。村上人一向少见外人下棋，尤其是城里来的人，自然围得里三层外三层的。第一盘，虾公五作了个请的手势，让城里人先下，以示对来客的礼貌。城里人也不谦让，便架上中炮，然后马出屏风，横车抢线，未出十合，已占据了优势地位，左右腾挪，约战二三十个回合，便获全胜。

再来一盘。这下，虾公五不让了，抢先啪的一下也架了个中宫炮。城里人从容不迫地来了个屏风马左车巡河，一会儿，又神奇地占了优势。人们看看虾公五支持不住了，便派出飞骑，立马找回了沙角仔。沙角仔果然有两下子，中盘一度得先，啪地吃掉了城里人的一匹战马，本已胜利在望，不想在残局时，误中奸计，一着不慎，被对方抽吃了大车，便只好推盘认输。城里人赢了，城里人问过了大榕树的情况，说，等他回去汇报过后几天再来。

城里人走了。小村人顿感到面目无光，虾公五惨败还情有可原，你沙角仔就不应该输！

沙角仔便说，谁说我输了？那么明显的失误，你们都看不出来？

村人都说，输了便输了呗，还死鸡撑硬颈。

好，你说他厉害，那等他来时我们赌，你搭他的注吧，五十可以，一百也可以，敢吗？

这么一来，沙角仔便是败而不输的了。

修理铺前

　　东风五金商店就坐落在东风路中段，大概属于因路而起的名字。店的规模还可以，巍巍五层，一二三层用作商店，一字儿排开十张卷闸门，挺有气派，曾经是人们争相购物的好去处。不过现时商店林立，竞争激烈，难免出现僧多粥少的局面。由于生意不景气，原先沸沸扬扬的人员便要裁减。领导者却极聪明，动员会上说是出现暂时性困难，一部分人得下岗，另谋生路，等待到经济回升了再回来上班。

　　五十多岁的岳师傅便是理所当然的下岗对象。不过还好，经理在商店的骑楼底下给了他一个地摊，让他负责安装自行车。装一辆三元钱，一天装个三五辆倒也过得去，只是现在卖车的店也不少，而买车者却寥寥。岳师傅便兼作修车的营生。

　　这天我正好要选购一辆自行车。来到商店，便见岳师傅在忙碌着。

　　"大记者要买车吗？我帮你校，保证满意。"岳师傅一边干着活儿，一边说。"你想要什么样的车？我来帮你选。"一个同岳师傅年纪相仿的大叔迎上前来，热情地向我介绍着："要是你骑的，还要那26寸的永久；要是女友或夫人骑的，时兴24寸飞达；要是孩子骑的；你得要这变速赛车……"

　　"你是营业员吧？"见他这么热情，我也不好拂人家的意，便跟他搭讪着。"不，我是修车的，我姓秦，别人都叫我秦桧，惭愧了，惭愧了。"

　　这人有戏。我便友好地逗着他玩："怪不得你对这儿这么熟悉。"

　　"过奖了，过奖了，只不过别人大鱼大肉山珍海味，我只求得碗粥来喝罢了。"说话间，他的目光瞟向岳师傅那边。

　　"不过话又说回来，你既是秦桧，也用不着修车了，再出卖一点儿土地不就够你吃了吗？"

　　"我知道你很熟历史，那可是先人的罪过，我们……咳，只有惭愧。"

　　说话间，我看中了一辆飞达。交了钱，秦桧便帮着推了出来："记者哥，我来帮你校车吧。"

　　"可是"，我看了岳师傅一眼，因为我同岳师傅毕竟是熟人。岳师傅也看了眼过来，那目光倒也大度。

　　"你顾虑什么？怕我装不好？我老秦不是车大炮，在这个小城，哪个修车的资格有我老？"说话时，目光又瞟向岳师傅那边。

　　"大记者，你还是交给我为好，且不说我们是老熟人，就是用实际行动支持下岗工人这点上，你也应该给我来校，再说……"

　　"噢噢，拿过去吧，我差点儿忘了，人家可是有光荣证的哟，只不过他那技术，我恐怕……"

　　"怕什么，大记者，你可以看，我这校正设备可是一流的，保证误差很小很小。"

　　"你能小到什么程度？我保证校正误差不超过两根头发丝，两根头发丝！"

　　"我说你是秦桧就是秦桧，是奸臣，你能说出这两根头发丝到底有几丝？"

　　"这……"

　　我却为难了，一辆车总不能给两个人做吧。

　　"大记者，你不要为难，"还是秦桧的目光犀利，"我们自有解决办法，你稍等几分钟，我跟老岳决战之后，谁胜谁做。"

我被吓了一惊，为了这区区十元八元，使两老人在街头决斗，多不好？

　　说话间，他们二人蹲到一块儿，摆开一张牛皮纸，工具箱里掏出了一副黑不溜秋的棋子。

　　这两个家伙，却原来是顶牛惯了的，让我虚惊了一场。

寻人启事

王三失踪了。

可是，近期必须找到他。他的工地正一塌糊涂——水泥没了，红砖也没了，沙和石子也用完了，更重要的是那没完没了的土地纠纷又开始了。真是十万分火急、火烧眉毛，直把主管领导急得抓耳挠腮、顿足捶胸。

必须马上找到王三！主任发出了第一道命令。

于是乎，打电话的，奔家去的，到朋友家的，忙得乱成一锅粥。一个个都是信心满怀而去，又同斗败的公鸡而归。

信息反馈到主任那里，一定得找到王三！主任又发出了第二道命令。

真个是当官的一张嘴，平民跑断腿。好你个王三，你走便走，却把我们给害苦了哟。等找到了你，非得罚你上百乐门撮一顿不可。

要不要通过公安局？也不可小题大做，主任一锤定了音，王三失踪归失踪，可他并没有犯案，切切不可小题大做，造成不良影响。

那可怎么办？怎么办我不管，反正得尽快找到王三！这算是主任的第三道命令。

好，既然不好报公安局，那做个寻人启事总可以吧。

王三同志，工地有事，请你速返。晚报登了，电视也播了，却没有回音。

王三同志，身高一米七五，国字脸，络腮胡，爱穿黑色牛仔服，浓眉毛，红眼睛，睡着像打雷，醒着迷糊糊。有谁见了，或报告，或促其回来，有酬谢。联系人、联系电话云云。

日报上登了，海报上贴了，也没有回音。

这个王三，上天了不成？入地了不成？

有谁能找到他，而且是尽快！

陈五来了。陈五说：我可以找到他。

你怎么个找，莫不是你知道他在哪儿？

这个你别管，总之我能找到他，只要他在这个城市。

陈五即时买来三副大木象棋，约过六个棋友，分别在市区的三个岔道口旁大叫"将军"！

这不？紧靠城西的岔口便发现了目标，迷迷糊糊的王三朝这方向来了。